一連串的神秘失蹤事件，
翻攪著居民對信仰的畏懼⋯⋯

魔之神仔樂園

邱常婷——著
本大麟——繪

晨星出版

推薦序1

鬼怪故事背後的光

——奇幻小說家　瀟湘神

臺灣對本土鬼怪的興趣，從崛起到成為具文化潛力的明星，說到底也不過是這一、兩年間的事。圖鑑、小說、遊戲、電影……相關創作如雨後春筍——不，比起一株株鑽出來的筍子，或許更像從遠山彼端襲來的暴雨，挾著閃電之勢。但這是將來的事。即使是已能看到的雨雲，臨到當頭，誰也不知能否有足夠的雨量；要是臺灣夠幸運，將會誕生出眾多各異其趣的鬼怪文學吧？當那天到來，臺灣鬼怪文學會建立起「系譜」與「光譜」，構築出獨屬於臺灣的深邃紋樣。

什麼是「系譜」呢？「系譜」是創作上的傳承與回應，也是文化的累積；「光譜」則是創作的各種風貌，反應作者的嗜好與思想。兩者合在一起，就成了從中心擴散、描繪著臺灣鬼怪森羅萬象的絢爛繪卷。而這本《魔神仔樂園》，在當今的鬼怪創作光譜上，則有著難以無視的位置。

魔神仔或許能說是臺灣最爲人所知的精怪，能惑人於山中，被迷惑的人輕則看見幻覺、誤食雜草牛糞，嚴重則再也無法離開山林。因此，魔神仔本就可畏。電影《紅衣小女孩》以魔神仔作爲恐怖電影的重要素材，可說一點都不奇怪。然而，魔神仔只有恐怖面向嗎？如果魔神仔相關創作只能以恐怖挑戰前人，這樣的光譜未免太狹隘。《魔神仔樂園》同樣以魔神仔爲題材，比起恐怖，卻更接近少年成長故事，並另闢蹊徑去探討魔神仔的本質——也就是山與人的關係。爲何魔神仔需要樂園？人若不上山，也不必冒著被魔神仔捉弄的風險。但人們爲何要上山？當今的人們，難道不是過分侵略這塊恐怖殘暴的自然領地了嗎？魔神仔的蠱惑或許不是單方面的捉弄，而是人們自行參與這個系統，並付出了代價。

值得一提的是，雖以「魔神仔」爲主題，但作者在充份的調查下，也蒐羅了許多不是魔神仔的鬼怪，如八寶公主。這位在臺灣建廟的異國女性，很難想像與在山中惑人的精怪同類。但民間有將其視爲魔神仔的說法，也是事實；民俗學的基本立場，就是無條件肯定敘事者的觀點。究竟八寶公主是不是魔神仔？作者有巧妙的操作，在此不論，但不將魔神仔窄化爲單一類型精怪的多元精神，我認爲值得肯定。雖然，這與傳統奇幻故事強調嚴謹設定的風格不同，但不過分追究內部邏輯一致，其實正反映了民俗的實況。

魔神仔邪不邪惡？作者不天真地「除魅」，也不一昧煽動恐怖情緒。既描寫了人與山林的緊張關係，又保留和解的可能。在這故事中，魔神仔背後有光——那不是溫暖和煦的光，而是複雜、危險的魅惑之光——但是光輝中心，有著溫柔的洞見。或許，這正是當今臺灣鬼怪文學尚未建立起的光譜與系譜中，拓寬了類型的第一道光輝。

推薦序2

面對未知，藉由了解，化解恐懼

——台灣兒童閱讀學會顧問　林偉信

你玩過恐怖箱的遊戲嗎？大部分的人在將手伸進去之前都會害怕，雖然箱子裡可能只是一顆球，或是一個絨毛布偶，但因爲我們不知道裡面是什麼，在未知的想像中，便會感到恐懼。恐懼，是每個人都會有的情緒，尤其是在面對未知的事情上，更是如此。因此，如何在面對未知時，紓解自身的恐懼情緒，便是一項很重要的人生學習了。

這本書敘述了一場奇妙的魔幻之旅，故事裡的小主角們爲了尋找好朋友，闖入山林，他們不僅經歷了一連串的冒險，同時，在尋找過程中，藉由了解與學習，紓解了因爲未知所產生的恐懼情緒，鼓舞自己，繼續前進。像是書中的小芊因爲看見了神豬，因而對神豬心生畏懼，甚至會在半夜被惡夢驚醒，但對神豬有更多了解後，終能化解恐懼，不再因爲神豬而有任何困擾了。

作者透過故事，不斷的向我們傳遞這樣的訊息：面對未知，不要慌了手腳，更不要懷著不安和偏見去做揣測，先冷靜下來，藉由了解，去解開遮蔽在我們眼前的黑布，就能讓我們擺脫恐懼情緒，重新看待事情。

這本書除了提供學習如何紓解因爲未知所引發的恐懼外，作者在故事中還揉合了台灣民間習俗與鬼怪傳說：有神奇能力的廟公、陰陽眼的老師、沒有地方回去的孤魂，更有改編過的八寶公主的傳說等等，情節有趣，內容更具地方民俗特色，讓人忍不住一頁接一頁的讀下去。當你讀完這本書之後，也許你也會對這些民間習俗以及鬼怪傳說有更多了解的興趣。

推薦序3
用故事召喚人心

——國立東華大學華文文學系副教授　黃宗潔

近幾年，妖怪書寫儼然成爲台灣文學尋找在地記憶、銘刻本土認同的路徑之一，舉凡大眾文學、電腦遊戲、文化研究、城市空間，都潛藏著祂們的身影。召喚被遺忘的妖怪傳說，重新建構台灣妖怪系譜，遂成爲不少創作者努力的方向。

常婷在小說《怪物之鄉》當中，已然展現她在此一領域的用心與才華，《魔神仔樂園》延續前作特色，將鄉野傳奇與自然關懷連結，揉合了屏東八寶公主廟的傳說與魔神仔故事元素，再加上林布蘭的《夜巡》、四個離奇失蹤的孩子與他們神祕的同班同學小白、一個陰陽眼的老師、彼此意見不合的家長……共同組成了一部生動的少年冒險敘事。

難得的是，在地元素和民間信仰的置入在小說中是如此自然又順理成章，並未因此犧牲了故事流暢性。孩子們在放假期間捲入神祕事件固然是少年小說常見的故事起點，但文學故事最具魅力之處，正在於作者可以讓撒下的種子，培育出不同形貌與顏色的花朵。而《魔神仔樂園》毫無疑問是一部可以觸發讀者的好奇與懸念，一步步跟隨著故事主角深入「險境」的精彩小說。

讀畢全書，讀者將會發現，與其說這是一個召喚民間信仰或歷史記憶的故事，不如說這是一個召喚人心的故事。隨著書中每個角色帶出的經歷和回憶，我們看見人與人之間、人與自然之間的傷害是如何發生，傷心和怨恨何以擴大，當然，也看見人心的力量如何去修補與彌平傷痕。這畢竟是一個溫暖的故事。而我也在主角之一的小芊身上，看見了那個我印象中的常婷，總是關心身邊的人，在意不被善待的生命。在這個許多價值逐漸失落的世界，很高興她能帶來這樣一個溫柔的故事。

推薦序4

伴著魔神仔踏上自我發現之旅

——國立臺東大學兒童文學研究所副教授　黃雅淳

好的幻想小說都是成長小說，像民間故事一樣，
它長久不衰的魅力在於它能幫助孩子處理成長過程中必須面對的內心衝突。
它是一面鏡子，能照出孩子的自我。
它是孩子們演練內心衝突的一個舞台。
它是一次孩子們的自我發現之旅。

～彭懿，《我的紙上奇幻之旅》

大陸學者作家彭懿的這段話，說明了爲何孩子們喜歡閱讀奇幻文學。回憶童年時，我們是不是都曾經在日復一日的平凡生活中，在沉重的課業下渴望出走？幻想自己成爲英雄展開獨特的冒險？或者幻想自己走進一個奇幻的世界，勇敢面

對邪惡、歷經磨難，最後凱旋歸來？然而現實中我們都無法成爲英雄，於是我們閱讀小說。

新生代作家邱常婷的這部《魔神仔樂園》以台灣最具代表性的鬼怪傳說「魔神仔」爲重要「幻神」，創造一個具有眞實感與熟悉感的本土「幻境」。而這個有著嬰靈神八寶公主、牛樟樹精、稚童鬼魂、通靈的廟公、陰陽眼的美術老師等人神互通的「妖異」世界，便是主角們演練內心衝突、展現智慧與勇氣的舞台。書中幾位主要人物……理性勇敢卻失親的原住民少年達央、善良正義的單親少女小芊、衝動仗義的少年多多、因隔代教養而頑劣孤獨的少年阿德；甚至是剛由嬰靈轉爲神體的八寶公主、在山上迷路餓死的孤獨小鬼詹皓（小白）、被人類砍伐失去摯親的牛樟樹精阿牛等等皆可視爲英雄。他們的生命都各有殘缺，如八寶公主所說：

還有很多問題沒有解決。
還有很多傷心的事沒有被看見。

還有很多憎恨沒有消失。
還有很多寂寞正要開始。
還有很多……

是的，還有很多，如同眞實的人生。雖然，書中少年主角們還有很多各自的生命難關與挑戰。但是，英雄不須要事事完美，他只是不放棄自己熱愛的事物與信念，他願意面對內在的陰影，願意選擇寬恕，願意在挫折恐懼中繼續前行。

其實，每一個閱讀故事的少年也都是英雄，他們帶著自身的平凡、缺憾在書中不完美的人物角色中投射自己、看見自己。當少年讀者隨著主角進入充滿神魔鬼怪的「第二世界」時，他們已和主角融爲一體，和主角們同悲共感，體驗著書中主角的挫折、軟弱或恐懼，但也經驗著他們的熱血、正義與勇氣，於是，當書中的主角們戰勝邪惡、歷險歸來時，少年讀者也將在精神上體驗了英雄、成爲英雄。

《魔神仔樂園》只是這套怪談系列的第一本，主角們還會經歷什麼冒險呢？且讓我們邀請年少的讀者，伴著魔神仔踏上這趟自我發現的英雄之旅吧！

推薦序5

以民間傳說描繪出道道地地的台灣本土特色

——戀風草青少年書房　店長邱慕泥

看完故事，心中非常驚喜的發現——這是一部道道地地綻放台灣本土特色的青少年小說。利用台灣屏東恒春所流傳「八寶公主」的傳說，巧妙地穿梭融入敘述故事的架構裡，讓劇情脈絡增添不少懸疑的氛圍，讓人欲罷不能地想探究故事的眞相，其中更展現出同儕間互助的情感，詮釋友情的至高無價。

想知道「八寶公主」的眞實身份嗎？她是可愛的金髮小女孩，還是指甲像鐮刀、嘴巴露出尖尖牙齒的高大怪女人？臉色蒼白的「小白」爲什麼在學校裡都沒有其他的人見過他？那個牽著阿德阿嬤手的「光頭小孩」，眨眼間就消失不見，他是人，還是精靈？阿德、多多、達央、小芊他們會被留在「鬼樂園」裡嗎？他們已經整整消失一星期，愛他們的爸爸媽媽到底要用什麼方法找到他們？

哇～～耳朵裡聽著噗通噗通的心跳聲，懷著忐忑不安的心，我也要把眞相找出來。噓，小聲問：「你小時候遇到最恐怖的事情是什麼？」阿德、多多、達央、小芊說出埋藏在他們心裡深處最恐怖的經歷。你也有嗎？還讓你每天晚上作惡夢；沒關係，不用擔心。「八寶公主」會保護你！不要用疑問的眼神詢問我，不要猶豫，趕快翻頁看下去。

魔神仔樂園推薦給勇敢的你、還是有點膽小的你、聰明機智如你——快來接受挑戰！

推薦序6

以友誼、信仰、鄉土意識等元素交織而成的奇幻之作

——奇幻作家　海德薇

魔神仔，台灣最駭人聽聞的民俗傳說，祂們究竟是「魔」還是「神」？而本作中牽走阿德阿嬤和孩子們的魔神仔，是屏東地方祭祀的八寶公主，抑或另有其「妖」？從第一頁開始埋下的懸念，便深深吸引著我一步步跟著探究。

常婷的新作《魔神仔樂園》將本土歷史與民間信仰融合於兒童讀物，有意爲台灣文化打造深遠根基的熱情值得嘉許。而故事中埋藏的大自然反撲力量與深刻省思，更是讓讀者們隨著劇情逐漸抽絲剝繭，一點一滴讀進了心坎裡。

巧克力做的石頭、汽水流淌的溪流和水面上彈跳的炸雞，充滿歡快想像力的《魔神仔樂園》，讀來彷若身歷其境。究竟樂園由誰打造？是隱藏在深山中的妖怪天堂？還是迷惑人類走向死亡的陷阱？

同樣是尋人，相較於齊心協力追尋小白足跡的天真孩子們，慌張尋找失蹤孩

子的大人們也正經歷一場人性的角力，前者的單純乾脆與後者的推諉爭執形成強烈的對照，凸顯出成人的複雜心思是如何毒害我們的世界，讓人不勝唏噓。所幸澄澈的信念成爲了眾人堅持到底的力量，在峰迴路轉以後，作者於不完美的現實中替小讀者們保留了一個堪稱完美的結局。

本作以友誼、信仰、鄉土意識等諸多豐富元素交織而成，不過，畢竟是以「魔神仔」爲主題的故事，懸疑驚悚的鋪陳並沒有少做。我的心情跟隨故事起伏，孩子們被魔神仔牽走的畫面栩栩如生，不斷在我的腦海中震盪，尤其當我聞到帶有樹木香氣的風，更忍不住哆嗦起來……

闔上書頁後，我發現常婷的神靈觀念與我非常接近。「我們的生活裡充滿了鬼，當我們至親的人死後，他們就成爲飄盪於空氣中的存在，在任何地方，也不在任何地方……」常婷以純眞的口吻引領讀者進入「魔神仔樂園」，再以充滿大智慧的眼光穿透劇情、洞悉世事，餘韻低迴不已。

相信無論是孩童還是成人，都能從本書中獲得美好的閱讀經驗，再三咀嚼後更能有所啓發！

魔神仔樂園

阿德阿嬤回過神來，發現自己身邊有個光頭的小男孩，正牽著她的手走過崎嶇蜿蜒的山道。她渾渾噩噩走在樹林之中，這不是她第一次走到這麼深的山谷裡，她也遺忘了自己爲什麼來到這兒，最開始，是這名光頭的小孩嘻嘻哈哈地牽她的手，帶她走遍未曾有人涉足的險境，他們經過一片遭砍伐的光禿黃土，不過是眨眼之間，小孩已消失不見，剩下阿德阿嬤一人。她想著自己的孫子，朝月亮低垂的方向走，手腳自動扒開地面落葉，鑽進狹窄的甬道中，阿德阿嬤艱難地爬行，通道變得愈來愈寬敞，最後來到一個奇怪的地方。在那裡，有黑影在天上飛來飛去，滿地都是可口的食物與飲水，她還彷彿看見了自己的國小同學，問她怎麼會在這裡。

快走——被八寶公主看到就不好了！

但阿德阿嬤餓了好幾天，她拚命將食物往嘴裡塞，國小同學說了些什麼也沒聽清。

早晨來臨，阿德阿嬤張開眼，發現自己身處山上的廢棄工寮，她滿口砂土、枯葉，遠處隱隱約約傳來搜救人員的呼喊聲，還有狗的吠叫聲。阿德阿嬤疲憊至極，又餓又渴，光頭的小孩站在廢棄工寮的門口，朝她咧嘴一笑。

阿德阿嬤想村裡人又要罵她了，每次都走失，醫生說她沒有失智症，不知道什麼原因以至於如此，廟公則說她八字輕，容易被牽，社會局已經派人來探訪過，像是要確定她還有能力撫養孫子，但她總是無法做出那些人想要的反應。她還是瘋瘋癲癲的，也常常跑到山上，跑到山上也總是迷路好幾天才回家。

阿德阿嬤意識到自己可能再也看不見孫子，那還不如繼續在這山裡頭走呢，她剛這麼想，雙腿又彷彿自有其意識般強健地跳起來，帶著阿德阿嬤舞蹈般走向光頭的孩子，那孩子看上去愈來愈像阿德阿嬤的孫子，一陣樹木的清香撲鼻而來，搜救人員的腳步聲愈來愈近了……

第一章　暑假第一天

在屏東忠和小學，正是學期的最後一天，接著就要放暑假了，上午最後一堂課是美術，身材瘦小，被同學們戲稱八哥的姜老師正在講台上講解林布蘭的畫作《夜巡》。

姜老師是留著一頭俐落短髮的女老師，她管秩序的時候從不發怒、破口大罵，而是用那雙細長的眼睛如鳥兒般淡漠地巡視鬧哄哄的班級，幾分鐘後，大部分的孩子便會漸漸地安靜下來。

「《夜巡》這幅畫跟屏東有很深的關係喔，恆春不是有座八寶公主廟嗎？聽說《夜巡》畫裡金髮的荷蘭小公主，就是我們的八寶公主。」

姜老師看了看台下一臉呆樣的孩子們，嘴角忍不住揚起一絲微笑：

「傳聞小公主長大之後有了一個愛人，名字叫做威雪林。威雪林為了實現航海尋寶的夢想，離開小公主搭上船展開尋找黃金的冒險，可是他的船在台灣觸礁，人也因此失蹤，於是公主決定離開自己出生長大的地方，搭船到台灣尋找愛人，沒想到卻在墾丁遭遇海難……很多年後，當地有個居民做夢夢見張牙舞爪的女鬼找他要寶物，後來才知道這個女鬼是荷蘭的公主。她要求的八件寶物，正是她的船擱淺在墾丁時留下的遺物，有鏡子、木鞋等等的東西，這名做夢的居民隨後與其他信徒將這八件寶物供奉起來，就成爲八寶公主廟了。《夜巡》這幅畫，也因此多了跟台灣有關的淒美傳說……」

姜老師在講台上說得口沫橫飛，底下卻有兩個孩子開始沉不住氣，拿著自動鉛筆與尺做成的飛機互相刺來刺去地玩耍，還發出忍耐不住的吃吃笑聲，那是班上的調皮鬼多多跟一臉無奈卻又感到有趣的達央。

「你們不要再鬧了啦！」坐在多多後方的女孩小芊嘶聲說，她有點男孩子氣，剪著可愛的齊劉海，因爲天氣熱的關係，一張粉紅色的桃子臉脹得紅通通，她吐了吐舌頭，從手腕上取下一條漂亮的繩環，充當橡皮圈將及肩長髮綁成一條細細的馬尾。

「又沒關係，老師上課那麼無聊。」多多轉過頭對小芊做起鬼臉。

多多人長得又瘦又小，就像猴子一樣，眼睛還是瞇瞇眼，這樣一張臉做起鬼臉來簡直恐怖至極；儘管如此，他身上穿著的衣服卻很乾淨、整潔，腳下甚至還踩著一雙耐吉球鞋哩。

「是嗎？我講的東西你都已經會了是不是？」姜老師走到多多的座位旁正準備開罵，達央卻聲音清晰地說：「老師，但你說的八寶公主廟故事確實有問題，八寶公主廟跟林布蘭的畫作一點關係也沒有，她也不是爲了找尋愛人威雪林才來到台灣。實際上是曾有一艘名叫羅發號的美國船隻經過恆春海域時觸礁擱淺，船長夫人被當地的原住民殺死，後來才有了託夢等等的事情喔。」

「眞不虧是達央。」多多偷偷對小芊眨眨眼，達央是他們班上成績前幾名的好學生，長得還相當俊秀，是其他老師口中的模範生，卻總是幫著多多跟老師頂嘴，可說是相當有義氣。

達央被多多一誇，忍不住低下頭推了推鼻樑上的眼鏡，這副眼鏡是他擁有過最昂貴的東西，他的眼睛又大又明亮，隱藏在鏡片後方，因多多的稱讚閃閃發光。

姜老師瞪著達央，這時下課鈴聲響起，不等老師說話，全班急著過暑假的孩子一哄而散，多多趁機拉著達央與小芊嘻嘻哈哈的逃跑。

暑假結束他們就要升上六年級了，今天早上他們還在參加學長姐的畢業典禮，對此小芊感覺有些悵然若失。多多與達央搭著彼此的肩膀走過紅砂滾滾的操場，他們的小學還沒換成PU跑道，兩年前小芊的母親因工作搬來後，一直覺得這間國小不是一所好學校，因此申請調職，升上六年級就準備讓小芊轉學回北部，順道搬家。這件事情，小芊還沒有讓兩個朋友知道。

再說男孩子都是少一根筋、不成熟，小芊完全不知道自己怎麼會跟這兩個傢伙成爲朋友。

「喂！達央，你覺得八寶公主是眞的存在嗎？」走在前面的多多突然好奇地問道。

「不曉得，但八寶公主是我們這邊很有名的傳說不是嗎？」達央回答：「以前我媽媽還在的時候，她會用八寶公主嚇我，說什麼八寶公主是一頭紅髮，長得高大的怪女人，雙手像猿猴一樣長，手指指甲像鐮刀一樣銳利，眼睛在晚上會閃閃發光，嘴巴露出尖尖的牙齒，而且，她還會跟被自己抓住的人要內褲……」

不等達央說完，多多臉上擠出十分噁心的表情，這個表情惹得小芊從後方用力拍了一下多多的後腦勺。

三人就這樣吵吵鬧鬧地走向校門口，這時候，他們看見隔壁班的阿德正拿著蚯蚓追逐一名身材瘦削的男孩。

「嘿！你在幹嘛？」小芊二話不說衝上前一把搶走阿德手中的蚯蚓，粉紅的桃子臉因氣憤漲成了深紅色。

阿德是四年級同學中惡名昭彰的壞孩子，非常喜歡欺負低年級小朋友，仗著自己身材高大壯碩，他總是肆意追逐不懂得反抗的孩子，一張圓

圓肉肉的黑臉還會得意地笑個不停。然而此時一名女孩子突然將他手中濕滑的蚯蚓搶走，他不禁呆住了，多多跟達央也一面罵一面走來，阿德便朝地上吐了一口口水，悻悻地跑開。

「聽說阿德阿嬤找到了。」看著離去的阿德背影，達央突然說。

「他阿嬤是不是腦子有問題？」多多挖著鼻孔問：「是不是真的有八寶公主把他阿嬤捉上山？」

小芊暴力地將手中的蚯蚓扔向多多，讓他發出一陣怪叫。

「小白，我還以爲你今天也請假耶。」小芊轉過身十分溫柔地說。

瘦巴巴的男孩實際上是他們的同班同學，但因爲身體不好，一學期當中總有許多天請病假，就算是現在，他看起來也仍十分孱弱，臉色蒼白。

小白身上的制服沾染一層淡淡的紅土，他搓搓鼻子，巨大的眼睛小心翼翼地看著他們，一會兒後，他聳聳肩膀回答：「我本來要參加畢業典禮，但被阿德堵到，他就不放我走了。」

「他到底有什麼問題？爲什麼一直找你麻煩？」多多憤怒地問。

「可能他阿嬤之前走失，心情不好吧。」小白說起這件事時，眼中閃過奇妙的光芒。

說起來阿德家是隔代教養，他的父母原本都在外縣市打零工，一日將阿德交給他阿嬤，從此再也沒回來，音訊全無。導致現在阿德家裡只有他跟阿嬤，阿嬤走失了，阿德或許承受了很大的壓力吧。

「小白，你暑假有什麼安排嗎？」小芊忍不住問。

說道。

「反正應該會到醫院做檢查。」小白又習慣性地聳了聳肩膀。

「如果醫院很無聊，你跟我說，我跟達央再帶電動過去找你。」多多說道。

「我要跟爸爸上山，不一定可以啦。」達央看起來更加無奈了。

他們並肩在小鎮的街道上走了長長的路，在一條轉向山區的巷口，達央和其他人道別。

「明天就開始放假了，一起出來玩吧。」多多對著達央的背影大喊。

「我可能要跟爸爸上山，不一定可以啦！」

多多轉過身看向小白：「那你呢？我跟小芊還有達央都約好明天要去祕密基地喔。」

小白露出靦腆的微笑。

「好啊，我應該可以去。」小白說，一面指著通往山上一條更陰暗崎嶇的路：「我要走這裡，那就明天見囉。」

黃昏深紅色的夕照中，小白的臉顯得無比蒼白。

***

多多在溫暖的被單裡伸懶腰，今天是暑假第一天，他還可以多賴床一會兒。多多的父母都是務農的客家人，早早就出發到果園裡工作，多多依稀聽見媽媽說有饅頭放在電鍋裡保溫，提醒他記得要吃。但多多最討厭白饅頭了，他想賴床賴到中午，再拿爸爸的錢去買炸雞排。

多多又準備要睡著的時候，在棉被裡看見小白的臉孔。

「你幹嘛？你怎麼會在這裡？」多多睡眼惺忪地問。

「喂，今天不是要去祕密基地玩嗎？」小白看上去有些悲傷：「你要記得喔。」

一轉眼，多多發現自己置身在爸媽的果園裡，時間是夜晚，他一下子想起還很小的時候，第一次被爸爸媽媽帶去果園，結果自己卻迷路了，可是怎麼會迷路呢？爸爸媽媽不是就在附近嗎？那時候，他還看見了可怕的東西……

多多困惑地四處張望，他怎麼突然又跑到這裡了呢？他有種感覺，自己好像再度回到那個時候，但多多想自己可比之前長大許多啦，這次一定可以很快找到爸媽。

多多一面走一面呼喊，晚風沁涼，他忽然聽見了腳踏車的聲響「喀搭喀搭……」隱約看見前面有人影晃動，他趕緊跑上前，卻聽見了一陣詭異的笑聲。

「嘿嘿嘿嘿嘿嘿。」

那是一個非常高大，穿著黑衣服的男人，他像是沒有雙腳，整個人高高地懸在半空，多多看不見他的臉，只聽見飄搖在晚風中令人毛骨悚然的笑聲。

多多掀開被子，渾身冒冷汗，發現房間裡一個人也沒有，窗外傳來陣陣蟬鳴，暑假到了，多多忽然發現，這是他可以痛快玩耍的第一天。

他幾乎是立刻就拋開剛才的噩夢，興奮地啪啪跑下樓梯，打開電鍋囫圇吞嚥饅頭，差點被噎住，但多多一點也不在乎，他衝出家門，到街上的小芊家外頭扯開喉嚨大喊：「小芊！」

小芊家門「砰」一聲打開，只見小芊火冒三丈地走出來，狠狠打了他一拳。

「幹嘛？」

「你讓我很丟臉！」小芊紅著臉說，街道對面的雜貨店老闆娘看見他倆打打鬧鬧，故意對小芊眨眨眼，她的臉就更紅了。

他們又到山腳下的達央家用同樣的方式把達央叫出來，不過喊到一半就被達央家飼養的台灣土狗追到巷口，過了好一會兒達央才慢慢從家裡走出來。

「達央，你家的狗也太兇了吧。」

「我家花豹是純種台灣犬喔。」達央有些得意地說。

他們到小鎮街上買了炸雞排分食，接著來到忠和小學校門口等小白。這件事說來奇怪，但他們從來沒有人知道小白住在哪裡？怎麼來上學？家裡有幾個人？

這天是暑假的第一天，多多覺得有點失望，因爲他們花了很多的時間等待小白。時間愈晚，他們就愈不可能進行期待已久的冒險，當然也不能到祕密基地了。

他們一直等到太陽西斜，已經是黃昏了，小白仍然沒有出現。

「你們有人知道小白家在哪嗎？」等到後來多多十分不耐煩，只能問小芊與達央。

「好像之前通訊錄有登記過吧。」小芊說道，因爲在班上擔任總務股長的關係，小芊習慣將班上的通訊錄隨身攜帶。她一翻開通訊錄，其他兩人趕緊湊上來觀看。

他們翻了很久，都沒有找到小白家的電話號碼。

事實上，他們忽然發現自己連小白的全名都不知道。

「欸，你們知道小白姓什麼嗎？」小芊說道：「可能用筆畫來找比較快。」

「不曉得，他好像從來都沒說過。」達央皺起眉頭。

「怎麼可能，點名總會點到吧？」

「可是，老師從來就沒有點到他啊。」多多說。

整件事愈來愈奇怪，這天他們各自回家，小芊查詢了自己就讀忠和小學三年級到五年級之間，每一年都更新過資料的通訊錄，並且打電話給通訊錄上的每個同學，但這些人沒有一個是小白。

更詭譎的是，當小芊詢問同學是否知道小白住的地方，他們只是疑惑地反問：「小白是誰？」

達央有一種很不對勁的感覺，前幾天他的爸爸帶花豹從山上回來，說最近因爲有人悄悄在開墾，似乎想打造新的露營地。山林中不太平靜，野生動物四處逃竄，有些人在山上迷路，臉上會出現某種「神情」，似乎連帶著整座小鎮也變得古怪。

多多在睡覺前打電話給達央，他實在太生氣了，珍貴的暑假第一天就這樣被小白毀掉。「假如他明天還沒來，我們就不要跟他好！」多多對達央怒喊。

隔天小白依然沒有出現。

多多、達央與小芊等到下午一點，已經再也無法忍受了，小芊提議到學校裡看看。

「姜老師還沒回去，或許她知道怎麼連絡小白。」小芊說。

儘管多多非常不喜歡姜老師，但爲了找到小白，好好揍他一頓，多多還是勉強同意了。

暑假的校園有些荒涼，幾乎沒有孩子在裡頭，小芊領著彷彿做錯事般的多多與達央來到辦公室，她熟練地打開門，走向姜老師的位置。

經過一整個學期的辛勞，放假中的老師們仍須處理一些行政事務，姜老師此時趴在自己的座位上假寐。小芊輕輕推了推她，她才慢慢張開一雙疲憊的眼睛，半是驚訝半是好奇地凝視面前的三個孩子。

「現在是暑假吧，你們有什麼事嗎？」姜老師看見躲在小芊身後的多多，忍不住挑了挑眉毛：「居然連多多都來啦。」

「老師，我們想找小白出來玩，可是連絡不上他。」小芊緊張的說：「不知道老師有沒有他的連絡方式？」

「小白？」姜老師臉色一沉，見小芊點頭，她從抽屜內拿出同學們的連絡本，一面喃喃自語道：「那是誰的姓氏或名字嗎？假如只有綽號，老師不會知道喔。」

「小白就是看起來瘦瘦的，總是很蒼白的那個，都坐在最後一排啊！」多多忍不住插嘴。

「我不記得班上有這個人。」

「小白因爲身體不好，常常請假不上課，老師你怎麼會不知道？」達央也開口道。

「班上沒有這樣的人，是不是隔壁班的同學被你們誤會是我們班的？劉芊祐你有全班的連絡方式吧？有查到小白這個人嗎？」

劉芊祐是小芊的本名，聽見老師的話，她趕緊再度拿出通訊錄按照座號一一對照，在姜老師的協助下，每個名字都對應到長相與實際在小鎮中居住的地址，其中沒有一個是小白。

多多與達央面面相覷，怎樣也無法理解。

「怎麼會這樣？老師，你真的從來沒見過小白嗎？」

「沒有就是沒有，而且這個名字也太像菜市場名了，我看應該是其他班的同學被你們搞錯了，現在又是暑假，其他班級的老師都在休息，我也沒辦法幫你們查。」姜老師說著蹙起眉頭，目光轉向辦公室窗外烏雲群聚的山頂：「你們今天還是先回家吧，好像有颱風準備要過來，幾個小孩子在外閒晃實在太危險了。」

「欸，八哥老師，你是不是在騙我們啊？」多多終於忍無可忍，張開嘴肆無忌憚地說：「我們前天還看到小白，還跟他約好暑假要一起玩，你怎麼會說小白不是我們班的，你怎麼會沒看過他，他有時候就坐在我旁邊上課耶，你是不是腦袋壞掉啦？」

「多多！」小芊氣得捶他一拳：「你不要這樣跟老師講話啦。」

「沒關係，我才懶得跟他計較。」姜老師半是惱怒地說完，卻又突然流露出一絲憂慮：「你們今天早點回家，等天氣好一點再出去玩吧，也不用一直找他，我相信小白只是家裡突然有事無法赴約，我會打電話問問其他老師對小白這個人有沒有印象。你們不要太擔心了，也要小心一點，有沒有聽說阿德的阿嬤最近才剛被找到？你們也要注意別被八寶公主抓走喔……」

三個孩子沉默地走出老師的辦公室，天空開始下起毛毛雨，珍貴的暑假似乎又糟蹋了一天。

「什麼八寶公主啊！」多多憤恨的握著拳頭仰天長嘯：「我最討厭八寶公主了！根本就沒有八寶公主啦！」

「多多，你吵死人了。」小芊伸手按著隱隱作痛的太陽穴，覺得相當疲累。

「你們不會覺得八哥這樣很奇怪嗎？一直叫我們回家，不回家就搬出八寶公主，如果眞的有八寶公主，最好現在就現身啊！來揍我啊！來啊！」

「我們明天還是再約一次好了。」達央沉思著說：「明天早上九點，在『吊死狗』集合。」

「好啊，我們一定要找到小白，我要踢他的屁股！」多多大聲說：「在『吊死狗』集合！」

第二章　颱風來臨的夜晚

吊死狗是當地人上山的一條小路，因爲轉角處有一條被馴養的惡犬，品種不明，總是在孩子經過時亂撲亂叫，狗主人在狗的脖子上繫項圈，連接一條長長的鐵鍊，這隻狗便會在瘋狂衝出時被緊勒住脖子，瞬間口吐白沫，雙眼圓睜。

阿德遠遠地就看到同校的那三個孩子站在那裡，鬼鬼祟祟地交頭接耳，阿德不想跟他們打照面。在學校，他已經是老師眼中的問題學生，其他同學也不喜歡他，前陣子阿德的阿嬤頻繁走失，他花了很多時間照顧日漸失魂的阿嬤，阿嬤對阿德說了許多奇怪的話，包括高大紅髮的八寶公主在抓一個光頭的小孩，準備要把光頭小孩吃掉。

附近鄰居竊竊私語：「阿德阿嬤愈來愈老番顛了。」好像他阿嬤眞的變成一個神經病似的，既然這樣，阿德就要繼續當壞人。他在學期最後一天遲到了，姍姍走進校園，看到別班的瘦弱孩子與自己一樣無精打采地踢著操場上的紅土，阿德忍不住想把怒火發洩在這呆瓜身上，誰知道那麼不巧，就被呆瓜的朋友看見了。

阿德會一直背負著壞孩子的名聲，但他已經不在乎了。

阿德轉過身正要悄悄離開的時候，眼尖的多多一下子發現他，大聲地喊著：「喂！阿德，你過來一下！」

「幹嘛啦？」阿德不耐煩地回應，卻沒想到小芊著急地跑向他。

「我們剛好講到你。」小芊氣喘吁吁地說：「你阿嬤是不是前幾天失蹤，後來又被找到？」

「是又怎樣？」

「我們認爲，我們的一個朋友可能也遭遇到跟你阿嬤類似的事情。」達央跟在小芊身後慢慢地說。

「那跟我有什麼關係？」阿德啐出一口唾液，忿忿地掙脫小芊試圖抓住他的手：「你們不用裝作好像跟我很熟，反正背後一定都在笑我是老番顛帶大的。」

「你阿嬤就是老番顛啊，我聽別人說她還會送你她自己的內褲不是嗎？眞的好變態喔～」多多見阿德如此沒禮貌便愈聽愈氣，居然冷嘲熱諷起來。

這下子不得了，阿德奮力撲到多多身上，兩人開始激烈扭打，不遠處的吊死狗聲嘶力竭地吠叫，那聲音非常怪異。幾分鐘後，吊死狗的主人從鐵皮屋內衝出來，對著四個孩子叫罵：「死囝仔！一直逗我的狗吵死人，這時陣不回家是衝啥米！」說著更打開柵欄、鬆開鐵鍊，讓那隻口吐白沫的雜種狗朝他們狂吠著追逐過去。

孩子們於是撒腿就跑，一面跑多多一面感到奇怪，明明是燠熱難耐的暑假，怎麼不管是誰都叫他們趕快回家呢？

空無一人的小鎭馬路上，多多、小芊與達央熱汗涔涔瞪視隨時準備開溜的阿德，過了許久，小芊率先打破僵局，她提議大家不要站在太陽底下曬得腦袋發昏，乾脆到鄉立圖書館吹冷氣休息。

「阿德，你要不要一起來？」小芊好心問。

「我阿嬤還在等我回家。」阿德不屑地說。

「阿德，你有沒有想過你阿嬤實際上究竟遭遇到什麼怪事？」向來沉默的達央突然開口問道：「我爸每年有一段時間都在山上打獵，有時也做嚮導，他說最近的山林很不平靜，有一群人跟這邊地主談說要做露營地，已經挖了好幾天，山羌跟山豬都奔逃出來，也死了很多，山裡到處都是被啃食過的動物屍體，住在山裡的人漸漸都遷移到山下，其他的不是瘋了就是病了，還有老人跟小孩，常常在山裡失蹤，過好幾天才被找到。」

「所以小白也失蹤了嗎？」多多問。

「你們還記不記得？那天小白說要回家，他往黃昏的方向走去，後來想想，那裡不是上山的地方嗎？小白的家是在山上嗎？還有小白明明在教室上課那麼多次，姜老師怎麼會不記得他？」

「說不定是抓走小白的東西，修改了所有人的記憶，包括姜老師！」

多多仗著自己看了很多漫畫，開始發表各種莫名其妙的揣測：「說不定是大人把小白抓起來，準備做某種實驗！也可能……」

小芊只是小聲地重複著：「那天小白的表情看起來很奇怪，臉色很不好。」

達央最後說：「阿德，我們可不可以去找你阿嬤？我們沒有要嘲笑她，只是最近有一些怪怪的事情，可能只有你阿嬤親身經歷過才會知道。」

阿德考慮了很久，在夕陽的餘暉中踢著地上的泥土，骯髒的球鞋漸漸踢出一個小坑，最後阿德咬牙切齒地說：「好吧，但我要先回去跟她講一下，她最近還是有點神經神經的，你們明天再過來。」

孩子們決定隔天再去拜訪阿德的阿嬤，不過山上群聚的烏雲似乎已經預示了一場未知旅程，多多在阿德離開後搭著達央的肩膀說：「太棒了！這才是暑假啊！我們終於要來場真正的冒險了，我們要去山上找失蹤的小白！」

「我們根本都還不確定小白是不是跑到山上失蹤了，你怎麼自己得出這個結論啊？」
「不管啦，反正最近怪事都在山上發生，所以一定是這樣沒錯。」
「你啊，根本就也想要失蹤吧。」
達央很無奈，他喜歡多多這個朋友，但他實在是太少根筋了。相較之下小芊比他們任何一個男孩子都成熟，她此時正擔憂地望著成片的積雨雲，颱風時的山可是很危險的，她一點也不想跟著多多瞎起鬨。而且，跟小白有關的整件事確實都太奇怪了，譬如說，小芊依稀記得小白是認識很久的朋友，可是仔細想想，這完全沒有道理，因爲小芊是在兩年前轉學到屏東的，也是到這兒，她才與多多、達央、小白結識，小白最後離去時那張蒼白的臉……小芊覺得好像豬的皮膚喔。
想到這裡，小芊噗哧地笑了出來，但沒多久她又開始感到害怕。她和多多、達央相互道別，回到家裡，她慢慢地睡著了，接著，她夢見了巨大的豬。
她還住在北部的時候，六歲，爸爸媽媽有一天帶她去看神豬，爸爸媽媽說是爲了祭拜神明，所以在一年之中把豬餵得好肥好肥，小芊就這樣看見了巨大無比的神豬，豬皮被撐開，像一個不可思議碩大的白色氣球，豬的臉則小小的，沒有表情地在嘴裡塞著一顆水果，那是小芊活到現在最害怕的一刻，她覺得自己身處在一個怪誕的夢裡，大人們還神色自若地談笑風生，怎麼會這樣呢？其他人都不會害怕嗎？那些豬好可憐喔，小芊想。

喧鬧詭異的夢境突然漸漸溶解，一個金色長髮的小女孩在模糊的人群中無比清晰，小芊困惑地看著女孩，但整個夢已陷入深深的黑暗。

這天晚上颱風來臨，狂風大作，四個孩子都沒有睡好，都夢見了自己過去所經歷過最恐怖的事情。在阿德的家

中，阿德與阿嬤同睡一張床，他突然聽見小孩子的笑聲，因此驚醒過來，他很想上廁所，又覺得沒有燈，走廊陰暗，他每一次半夜尿急都嚇得不敢上廁所，阿德想起很久很久以前，自己還很小的時候……當然他現在也還是很小，但那個時候的阿德剛上小學，半夜醒來想尿尿又不敢去廁所，最後就尿床了，於是阿德哭了起來，哭聲將熟睡中的阿嬤吵醒，不過阿嬤非但沒有罵他，還在家中點起數十根蠟燭，把屋子的每一個角落都照得光亮。阿嬤帶阿德去院子裡曬洗乾淨的床單與棉被，阿德依然在哭，一面哭一面說：「阿嬤，我好怕黑。」

「無要緊。」阿德阿嬤和藹地告訴他：「以後你就知影，黑不可怕，長大以後，還有比黑啊、鬼啊更可怕的東西。」

阿德沒有很明白阿嬤講的話，可是從那天開始，阿德就習慣自己點一根蠟燭去上廁所了，他們家家境不好，燈只有房間才有，阿德不想開燈吵醒阿嬤，他覺得自己長大了，一定可以自己去上廁所，他可是忠和小學孩子們聞風喪膽的小霸王呢。

阿德小心翼翼地用打火機點燃蠟燭，輕微的「嘶」聲過後，橘黃色的火光與淡淡煙氣照亮了阿嬤紅色的蚊帳，阿德端著燭台走出房間，突然地，他又聽見了小孩子的笑聲，他彷彿看見一個光頭的孩子快速跑過蠟燭沒照到的陰影處，與此同時，一陣強烈的香味瀰漫在空氣中。阿德吞了吞口水，慢慢穿越陰暗的走廊來到廁所，他用最快的速度掏出小雞雞開始撒尿，終於尿完以後，他鬆了一口氣，打開水龍頭開始洗手，這時阿德有種古怪的感覺，香味似乎愈來愈濃烈，他看著自己穿好褲子的下半身，接著全身僵直。

一雙小孩子纖細的腳站在他後面，阿德關上水龍頭，慢慢抬起頭望向鏡子，鏡子裡，有個光頭的小孩對他露齒微笑。

山腳下的達央一直睡睡醒醒，他憂鬱地看著窗外樹枝啪啪地抽打玻璃，他老爸倒是睡得很熟，一點也不擔心最近小鎮上詭譎的氣氛。

「爲什麼要怕？」稍早達央的爸爸在吃飯時反問達央：「是做了什麼

虧心事嗎？你考試作弊啊？」

「才沒有。」

「那是怎麼了？看你都心神不寧的樣子。」

「不知道耶，我最近常常想起小時候跟你在山上的那一次。」

達央不需特別指出「哪一次」，爸爸便皺起眉頭，手指搓揉下巴。

「你是說你第一次跟我上山，總覺得我的背影愈來愈遠，我走路的速度愈來愈快，你怎樣也追不上？」

達央點了點頭。

「後來是我從後面一把抓住你的領子，把你提起來搖一搖，我說你幹嘛一直走一直走，一個初次上山的小孩子，還能走到老爸追不上咧。」

達央想起那時的記憶就全身發抖，爸爸說達央不知道爲什麼突然往山林深處走去，走得又快又急，根本不像是小孩子的腳程，爸爸差點追不上，是那天手上剛好有沖天炮，爸爸趕緊點燃朝天空發射，達央才被炮聲嚇得一下子跌倒在地。

「你只是因爲第一次上山，『它們』覺得好玩，想戲弄你。」爸爸對達央說，達央卻無法放下心來，那種感覺一點也不好玩，反而很冰冷，充滿恨意。

「你不要擔心，達央。」爸爸說：「你只是一個小孩子，你是無辜的，明白嗎？不，你或許不明白吧，但像你這樣的小孩子，從來沒有做錯任何事情，所以對恐懼才這麼敏感，因爲你們很純眞啊，不管我們當時在山上遭遇的是什麼，它們不會眞的傷害你的，只有那些不是小孩子的大人，他們連這種單純的恐懼都不會了，也不會對自己做過的錯事感到愧疚，這些人才眞正會受到懲罰，而不是你，你這個小孩子呦。」說罷，爸爸便用力揉了揉達央的頭髮。

達央聽著窗外的風雨聲，配上爸爸如雷的鼾聲，漸漸感到安心，不過明天還是要去找阿德阿嬷，把事情問清楚才行，如果有必要的話，如果小白眞的跑到山上失蹤的話，也絕對不能像多多說的那樣直接跑到山上找人，一定要去找老師、警察，不過他們會願意聽小孩子的話嗎？

達央意識到，假如小白眞的是在山上失蹤了，他們也必須上山才行，必須要讓大人了解這件事的嚴重性，一個小孩失蹤也許不夠，如果很多小孩一起失蹤，他們就肯定要進行搜救了，這樣一定可以幫到小白。

狂暴的雨聲中，達央睡著了。

隔著不到一百公尺的距離，多多再度從果園怪人的夢中驚醒了，已經不知道是第幾次了，他打開房間的燈，整個人氣得要命，都是小白，幹嘛突然搞失蹤，現在整個小鎮，甚至連他這個人都變得怪怪的。

這可是暑假耶。多多氣呼呼地想著：小白，我們明天就去找你，你浪費我幾天的暑假，就要當我的幾天的傭人，你要去幫我買炸雞，要給我當馬騎！

第三章　光頭小孩

那一天，多多、達央、小芊離開家門時，心臟都撲通撲通地狂跳著，他們在吊死狗的轉角處碰頭，準備往阿德阿嬤家去。

「阿德還沒來嗎？」小芊剛這麼問，便看見阿德穿著鮮豔雨衣的小小身影從雨中出現。

「我們直接到山上去吧。」阿德劈頭就說：「不用去找我阿嬤了。」

「爲什麼？」小芊擔心地問道：「你阿嬤還好嗎？是不是身體哪裡不舒服？」

「沒有啦。」阿德緩緩說：「只是我昨天有問她了，我問她上山的時候都看見什麼，還有你們朋友失蹤，是不是也是同樣的『東西』幹的，我阿嬤跟我說了她上山的事情，她從來沒有跟別人說過喔，昨天晚上，她就跟我說了那麼一次……」

除了多多以外，達央跟小芊都定定地看著阿德，等待他繼續。

阿德說：「她原本只是想上山採菇，她是一個很溫柔的人，但是她身體不太好，山上有一種菇可以讓她身體變好，所以她常常一個人到深山裡面找菇。大概是在第三次或第四次上山的時候，她發現有個小孩子偷偷跟在後面，那個小孩子外貌很特別，沒有頭髮，總是頭低低地走……」

達央與小芊交換了疑惑的眼神，他們在小鎮上從未見過阿德所形容的孩子。

「這小孩很可憐，說自己被八寶公主追著要吃掉，很害怕，小孩一直跟她說，八寶公主有多可怕……她心裡知道，這是以前她的媽媽與奶奶都提過的東西，只要當作沒看見就好。久而久之她也習慣了，不知道爲什麼，只要有那個小孩在的時候，她都可以找到菇。」

「那是一種怎樣的菇啊？聽起來很神祕。」小芊好奇地問，但阿德沒理她，只是繼續自顧自地說個不停。

「有一次……就是前幾天她失蹤的時候，她其實是在山上遇到了奇怪的猴子，那種猴子毛髮稀疏，像得了皮膚病，眼睛又紅又腫，在黑暗中也閃閃發光，她那天在山上看到這種猴子就知道糟糕了，是八寶公主派來的手下，要來抓那個可憐的小孩。在白天還有陽光的時間，那種猴子就能毫不畏懼地出現，起先安靜地坐在山壁間，接著無論阿嬤什麼時候轉身，都會看見猴子僵硬地站在離她不遠的地面或樹梢，睜大紅色的，像是流血般的眼睛看著她，隨著阿嬤每一次轉頭都變得愈來愈近，後來阿嬤決定不採菇了，她要盡快下山，她開始跑，再也不回頭，猴子發出尖銳的叫聲，聲音在身後愈來愈近，回家的路突然被霧氣籠罩，阿嬤愈跑愈累，最後只能用走的，她一面走一面發現猴子的叫聲消失了，她汗濕的手心突然被一隻小小的、乾乾的手牽著，那隻小手也冷冷的，但很柔軟，她低頭看見常常跟著自己的光頭小孩子，然後……我阿嬤說，是這個小孩子帶她到可以被搜救人員找到的工寮。」

「然後呢？」

阿德聳聳肩膀，眼睛不由自主望向通往山林的小路，就在吊死狗的旁邊：「我阿嬤說山上有很多壞東西，小白是被八寶公主抓走的，她親眼看到的。」

其他人看上去都嚇壞了，只有最開始對阿德故事不感興趣的多多，這時皺著眉頭看向阿德，語氣充滿了懷疑：「你阿嬤真的有看到？她確定是八寶公主嗎？」

「她是這樣說的啊！」阿德講一講，卻突然做出奇怪的動作，他的頭歪向一邊，雙腿交叉，做出跳舞的樣子：「八寶公主有紅色的頭髮，比司令台還要高，手臂長長的像猿猴，手指爪子又尖又長，牙齒白森森，眼睛紅通通。八寶公主要抓小孩子到山上的樂園去喔，那個地方很特別喔，樹上跟地上隨便抓都有東西吃，還有好多人在天空飛來飛去，八寶公主把小孩子養在那邊，餓的時候就抓一個吃掉，哈哈哈哈！」

小芊、達央與多多都露出難以置信的表情。

「阿德，你到底在說什麼啊？那種地方真的存在嗎？小白真的是被八寶公主抓走嗎？我們又不是國小一年級，怎麼會相信這種故事啊，你不要開玩笑了……」

「就是這樣，你們不用怕喔，八寶公主最近不見了，只剩下空空的樂園。」阿德背過身去，突然自顧自地邊跳邊往上山的路走，他的聲音隨著腳步遠去逐漸模糊：「山上的樂園，是鬼樂園，有好多好多鬼，你們最怕的，統統在那邊……」

阿德一面說，一面直接往山裡走。大家趕緊追上，在他們身後，整座小鎮被遠遠拋下。達央感覺到雨比昨天晚上稍微小了一些，但風還是很大，他猶豫了一剎那，接著摘下臉上的眼鏡，小心翼翼收進眼鏡盒、放入背包裡。

他們穿著雨衣努力地走著。

「阿德，我們就這樣跑上山……真的不太好。」小芊走在最後面，嘴唇顫抖著說話，連聲音都不平穩。

阿德卻沒有回答，他腳步飛快地往山上走，以至於其他孩子必須用跑的才能追上。

「阿德！阿德！」起先是小芊叫著阿德的名字，之後連達央、多多也開始不斷叫喚，阿德依然沒有停下腳步，達央判斷他們也不過才在山腳而已，霧氣卻已經從山上徐徐下降，猶如鬼魂一般。此時他們的眼前雨絲飄搖，一片霧濛濛的，達央想起爸爸說這座山每到下午就會起霧，非常危險，偏偏阿德就像故意走進霧裡一樣，他的身體被隱藏起來，一下子就不見蹤影。

達央感受到第一次與爸爸上山時相同的恐懼，他想伸手拉住小芊與多多，想告訴他們不要走進霧裡，但多多一面怒吼一面衝進霧中，似乎打算硬把阿德帶回來，小芊伸出手抱住多多的腰，於是整個人都跌了進去，霧彷彿將達央的同伴們偷走了。達央呆呆站在空無一人的山腳下，腦海中浮現阿德腳步飛快的身影，就像他以爲爸爸在山上飛快地行走，達央突然明白了一些事情，他聽見獼猴哀傷的啼叫，以及一陣獨特的香氣，從那一片白茫茫的霧中傳來。

「吊死狗」的轉角還在可以看得到的地方，達央想起爸爸說的話，他們沒有做錯任何事情，不需要害怕。

達央覺得自己怎麼可能沒有做過壞事呢？他曾經在數學小考時作弊，因爲多多想「瞄」一眼他的考卷，還有他跟多多一起到山上廢棄的墓地抓螃蟹，那墓地流淌著濕潤的小溪，他們抓到一隻好大的母螃蟹，帶回家裡卻發現從母螃蟹的身體裡爬出好多隻小螃蟹，後來母螃蟹跟小螃蟹都死了……還有其他很多很多爸爸不知道的事情，他們並不是一點錯也沒有。因爲這樣，達央更擔心多多了，他覺得與其回去找大人幫忙，不如陪在他的同伴身邊。

達央很害怕，眞的非常非常害怕，但他緊握拳頭，咬牙衝進那陣詭譎的霧氣裡。

＊＊＊

從多多家廚房的窗戶望去，陽光如此黯淡，幾乎不像是夏天該有的景象，陳媽媽從果園回來便趕緊打開瓦斯爐開始煮飯，不時朝窗外瞧上一眼，暗忖兒子什麼時候才會回家。對他們務農的人來說陰天還是有些好處的，譬如做工不至於太熱，不過颱風就不一樣了，颱風曾對他們的小鎮造成傷害，以至於隨著天色愈來愈暗，陳媽媽愈發擔心。

昨天晚上多多跟她說今天要和阿德、小芊一起到達央家玩，因爲達央家就在附近，早上風雨也轉小，陳媽媽才放心讓兒子出門，但今天工作時她覺得這件事怎麼想怎麼奇怪……阿德這個孩子在學校與小鎮家長之間的風評都不是很好，陳媽媽認識其他孩子的家長，也說自家小孩常常被阿德欺負。

一直以來，陳媽媽對阿德都感到同情，偶爾叮囑多多不要在學校跟阿德硬碰硬，但多多從來不當一回事。他們家的多多有一種很特別的正義感，讓其他孩子有點怕他，正因爲如此，多多說阿德也會去達央家時，陳媽媽心驚了一下。

怎麼可能嘛。她想。但孩子間的友誼經常是沒有道理的，也許以前他們互看不順眼，哪天出於某些契機成爲好友，也不是不可能的事，只不過這樣的話達央會很難過吧，達央一直就把多多當成最好的朋友。

陳媽媽將晚飯端上餐桌，扯開喉嚨喊陳爸爸吃飯，正在看電視的陳爸爸應了一聲，壓根還不打算動作，陳媽媽嘆了口氣，仍然覺得胸口悶悶的，不是很舒服。

陳媽媽並不想當個掃興的大人，但天都黑了，實在該把孩子叫回來，她於是撥通達央家的電話。電話只響了一聲就被達央的爸爸接起，他們兩家人已經熟稔到不需要多做寒暄，陳媽媽開口詢問是否能讓多多來聽電話，然而達央的爸爸卻沉默了一下，語氣疑惑地反問：「我以爲達央跟多多在一起？」

「什麼？沒有啊，多多昨天晚上跟我說今天要去你們家玩。」

「我聽到的不是這樣，我們達央是說，今天會跟多多、小芊一起去阿德家。」

「阿德家……」陳媽媽原本鬆了口氣，轉念又想多多為什麼要騙自己呢？大概是因為阿德的阿嬤被當地人看作神經病吧，多多知道假如自己說要去阿德家，一定會被阻止，就算平常媽媽會幫阿德說話，也總希望他不要接近家裡有問題的孩子。

陳媽媽心中湧起慚愧與懊悔，電話另一端傳來達央爸爸的安慰：「陳太太，你別擔心，我等等過去阿德家看看，他們家沒有室內電話，你看等等要不要也過來，還是我之後打電話給你？」

「我現在就過去。」

掛上電話，陳媽媽快步走向客廳，簡單向陳爸爸交代了餐桌上的晚餐要記得吃，陳爸爸目光沒有離開電視，只問了聲：「那你不吃嗎？要出去啊？」

「是啊，你兒子到現在還沒回家，也不曉得野去哪了。」

陳爸爸點了點頭表示理解，陳媽媽儘管無奈，此時滿腦子都是多多，也不想再與丈夫囉嗦，她穿上早上工作的雨鞋與雨衣離開家門。

這是個小地方，家家戶戶群聚在有便利商店和郵局的街道中心，只有阿德家坐落於外環道上，陳媽媽騎著機車，豆大雨滴落在她臉頰，讓她更加不安……假如多多連阿德家也沒去，那該怎麼辦呢？

遠遠地陳媽媽看見達央的爸爸已經站在阿德家外頭敲門。達央的爸爸姓潘，陳媽媽一停好車，趕緊招呼一聲：「潘先生。」

「陳太太，我已經敲了好久的門……」達央的爸爸雖然也是掛心著自己的孩子，卻仍擠出一絲微笑，希望讓陳媽媽安心一些：「沒有人來應門，但我認爲屋子裡是有人的，我從後邊經過的時候，有看見有一點點的光。」

陳媽媽每天早上騎車到果園時都會經過阿德家，阿德家是老式的三合院，兩側建築卻因爲之前的風災毀壞，阿德阿嬤沒錢請人修繕，便讓建築物如廢墟般坍毀著，只在還完好的建物後方加蓋鐵皮屋頂。

他們兩人就著微弱的路燈光線繞到另一側，在模糊的玻璃拉窗前望見淡淡的光，那縷光線如此細小，就像即將消失不見似的。

陳媽媽試圖望進窗子內部，同時又覺得自己這麼做十分不妥，看起來就像準備幹壞事的人一樣，但達央爸爸的眼神就不同了，陳媽媽曾聽聞他在原本部落裡是個有名的獵人，此時那雙眼睛也冷靜銳利。只見他伸出一根食指悄悄指向窗戶間模糊搖晃的光影，低聲說：「陳太太，你給它好好看一下，是不是有人躺在那邊？」

達央爸爸的話讓陳媽媽嚇出一身冷汗，她小心翼翼湊近窗子，鼻子幾乎要在窗面上壓扁了，就這樣過了好一會兒，陳媽媽微微顫抖地說：「是啊……那好像是阿德他阿嬤。」

達央爸爸聞言二話不說，到前門用重物把門鎖撬開，他一面動手一面解釋：「救人要緊，沒時間管法律了。」

兩人緊挨著踏入陰暗的屋內，刻意讓門保持開放、暢通的狀態，陳媽媽感到很困惑，當他們打開門時，屋內飄散出濃烈的香味，那並非人工製造的香水或除臭劑的氣味，而是一種相當特別的清香，像是某種樹木的香味，然而過了一會兒，那陣香氣便因爲灌入屋內的晚風迅速消失。

陳媽媽發現不久前透過窗戶隱隱發亮的光點是放在廁所旁的一根蠟燭，蠟燭已經燒到了盡頭，但仍堅定地燃燒著，同時也艱難地照亮了癱倒在狹窄走廊的阿德阿嬤。

就在陳媽媽與達央爸爸衝上前確認阿德阿嬤的狀況時，蠟燭的火焰瞬間熄滅了，三人被深深的黑暗所包圍，也難以看清阿德阿嬤的面容。

「阮孫阿德……」

就聽見一聲細細的話語。

「阿嬤，你還醒著嗎？」

「阮孫阿德……已被抓走了。」

「阿德阿嬤，你在講什麼？你是怎麼了？這裡發生什麼事？怎麼沒看到我兒子？你有見到我兒子嗎？」陳媽媽愈說愈激動，幾乎要哭了起來：「我兒子多多啊！他應該要在這裡啊！」

達央爸爸沉默不語，一陣輕微的「咻」聲過後，是打火機的光照亮三人的臉，陳媽媽看見阿德阿嬤緊閉著眼，滿頭大汗，不斷喃喃自語。

「阿德……阿德……」阿德阿嬤不斷不斷地重複著。

小鎮醫療資源不佳，遇到危急狀況時與其打電話叫救護車，還不如直接自己送，達央爸爸曾擔任過義消，也受過急救訓練，判斷阿德阿嬤是因不明原因昏迷，其它並沒有外傷或骨折，於是立刻與陳媽媽合力將人移上他的藍皮小貨車，並將外衣、防水布簡單鋪墊，讓阿德阿嬤躺在車斗上，他開車把人送到最近的醫院。

陳媽媽一路騎自己的車跟著，同時用手機連絡陳爸爸，然而對方沒有接聽，她在夜晚的大馬路上毫不淑女地罵了聲髒話。

一路送到忠和醫院，由醫護人員接手後，達央爸爸正準備連絡自己在派出所的朋友，請他幫忙找幾個失蹤的小孩，躺在病床上的阿德阿嬤突然伸手抓住他的手臂。

「他們跑去山裡了。」那一剎那，阿德阿嬤混濁的眼睛顯得明亮、神智清醒，她定定地望著達央爸爸，一字一句清晰地說：「他們被鬼囝仔帶到山上去了。」

「你是說……」

「你的兒子、做官那個的女兒、很壞的多多……還有阿德。」阿德阿嬤大聲地重複著：「你的兒子……那個女兒……壞多多……阮孫阿德。」

「他們到山上去了。」不由自主地，達央爸爸也著魔般地複述：「可是怎麼會……他們去山上做什麼？」

「去找魔神仔，他們去找魔神仔。」阿德阿嬤說：「伊頭光光的，一直跟著我啊……」

達央爸爸在醫院門口跟陳媽媽會合，提起這整件事，陳媽媽雖然渾身發抖，卻仍堅強地握著手機，等待達央爸爸接續的話語。

「陳太太，你還記得前陣子里長轉述廟公講的話嗎？」

這似乎提醒了陳媽媽一些事，她的臉顯得更加蒼白，但也更加堅定。

「你等等回家，帶陳先生一起去找里長。」頓了頓，達央爸爸看著夜裡的淺山：「我也跟我朋友講了，他正在組搜救隊，會需要你們幫忙，我自己要先上山，看是什麼情況。」

第四章　憨廟公的夢

陳爸爸正在椅子上舒舒服服地躺著，觀賞他最喜歡的綜藝節目，陳媽媽叮囑他要吃晚餐，他乖乖從餐桌上端到電視機前吃，愈吃愈覺得奇怪，怎麼老婆跟兒子都還沒回家，肯定是多多玩得太開心忘了時間，他的妻子又跟對方家長聊得開心……陳爸爸吃得飯都不是滋味了，他放下碗筷、依依不捨關上電視，準備也出門找人。

他才剛穿好雨衣，陳媽媽便「砰」一聲打開屋門，驚魂未定地看見自己丈夫，二話不說拉人就走，連陳爸爸反覆詢問「怎麼了」、「你的表情怎麼這麼可怕」都沒有回答。

他們來到鄰居老謝的家裡，老謝是忠和國小的體育老師，和里長交情深篤，常常混在一起打麻將，陳媽媽也省了打招呼的麻煩，只跟老謝的妻子點了點頭，就直直走進他們客廳，果不其然，里長正與老謝、老謝的母親與賣檳榔的大嬸打麻將。

陳媽媽劈頭就問：「之前說被託夢的廟公，那個夢到底是怎樣？」

里長手中的牌立刻掉下來，被坐在側邊的大嬸揀去，胡了。

「陳太太，怎麼啦？怎麼這麼急……」

「我家小孩不見了。」說罷，陳媽媽臉上淌下兩行淚，這下子連陳爸爸也動怒了，儘管他還並不十分清楚狀況。

「你這個里長怎麼當的？」陳爸爸試著幫助自己的老婆，卻被陳媽媽打斷。

「你先別講話……除了多多，還有潘家的兒子、媽媽是公務員的那個……叫做小芊的女孩子。」

里長站了起身，整張桌子立馬翻倒，麻將牌劈哩啪啦落了一地。

「唉呦，你要老千啦。」賣檳榔的大嬸滿臉不甘心，一面罵一面收拾東西，甩頭就走。

「陳太太，你確定嗎？」里長小心翼翼地問。

「很確定，是阿德阿嬤說的，她人已經在醫院，她說親眼看見那些小孩子被牽上山。」

里長長嘆一聲：「那不就跟憨廟公夢的一模一樣嗎？」

「是啊，潘爸爸已經上山找人了，他說有跟派出所連絡過，只叫我趕緊來找你。」

「什麼憨廟公？什麼事情？」陳爸爸依然搞不清楚狀況。

「我們兒子被拐上山了。」陳媽媽狠狠瞪了陳爸爸一眼，正想繼續說話，這時一名女子靜靜走了進來，打理整齊的黑長髮、粗框眼鏡，看起來就是氣質的都市人，女子看起來相當年輕，陳媽媽想了想，驟然發現這個女人應該是小芊的母親劉媽媽，小芊家是單親家庭，劉媽媽在市區的政府機關工作，偶爾見她上菜市場，但很稀罕。現在這樣面對面，陳媽媽更覺得小芊的媽媽長得漂亮，幾乎不像是生過小孩的人。

「剛才有人打電話給我，叫我來這裡一趟。」劉媽媽鎮定地說：「是怎麼了？小芊一個女孩子怎麼會跑到山上？」

「小孩應該是一起在玩，因爲天色晚了，我兒子還沒回家，我就找潘先生一起去阿德阿嬤那裡，誰知道看見阿嬤暈倒，好恐怖啊……阿德阿嬤到醫院時說，看到我們小孩一起被人帶去山裡了。」

劉媽媽嘴唇難看地嘣起，她再說話時聲音依然鎮定，但也幾乎像是冷酷的：「那位潘先生是跟我說，小孩子自己上山，他沒有提到其他人，我眞的是很心痛，早知道趕快把小芊轉到市區的學校，省得被帶壞。陳太太，你爲什麼不講清楚你認爲是誰帶他們上山？」

陳媽媽一下子結巴起來：「我不是……我是聽阿德阿嬤……」

「你就直接說啊，你覺得是八寶公主把小孩牽上山，我就最討厭你們這種鄉下人，沒見過什麼世面，只知道怪力亂神！天天講什麼鬼公主的！」

「劉媽媽，八寶公主是我們本地流傳許久的傳說，也有很多事例，你雖然不相信，也應該要給予尊重……」里長訥訥地說道。

「我管你那麼多！」

此時麻將桌已被撤去，一群大人面色凝重地站在稍嫌擁擠的客廳內面面相覷，劉媽媽厭惡地瞪視眾人，緩緩拿出手機說：「不要以爲我離婚好欺負，如果我女兒發生什麼事，我一定跟你們沒完。」

劉媽媽兀自講完，風風火火地離開，留下哭泣的陳媽媽與沉默不語的陳爸爸。

許久以後，里長以古怪的語調說：「跟我來。」

像是某種咒語，里長的話讓每個絕望的大人都邁開步伐，緊緊跟在這名彷彿知曉眞相的老男人身後，這同時也是一列極其古怪的隊伍，他們魚貫走在雨中，抵達枝葉垂長的老榕樹下。在那兒，憨廟公已經等著了，憨廟公是孩子們給予的稱呼，他從以前就有智能障礙，因緣際會給土地公收做契子，此後便一直待在土地公廟，大人鮮少提起他，孩子們則將他當作一個笑話。

憨廟公坐在榕樹下，拿著一把之前選舉時派發的塑膠扇子搧呀搧，說也奇怪，分明是颱風下雨的夜晚，憨廟公卻像是坐在盛夏的老榕樹下，他看見好多人圍著自己，不好意思地笑了。

「阿憨，我們來問你上次那個夢的。」里長搔著光光的頭頂說：「你還記不記得？你說有一個小孩子託給你的。」

憨廟公依然帶著困惑的笑容，很不好意思地看著大家。

「阿憨！」里長拉高音調：「你記不記得？一個小孩子來找你啦？」

廟公好奇地盯著里長因大吼而青筋浮凸的額頭：「是有一個小孩，他頭光光的，沒有頭毛。」

「然後呢？」陳媽媽焦急地問。

「他小小的、冷冷的，遠遠地只能看見他大大的笑容，他一面唱歌一面把四個小孩子領上深深的山裡，我在夢裡一直想跟著他們，但我好像在看一張畫，人沒有辦法走進畫裡……」廟公停下來，喝了口水。

「然後呢？」陳媽媽又顫抖地問道。

「然後我看見一個金色頭髮的小女孩，長得很漂亮很漂亮，她拉拉我

的手，還要跟我比身高，我就突然變得跟她一樣矮了，這時候我也才發現，我之前會進不去畫裡，是因爲我跟他們不一樣，我的樣子是大人，現在我矮了，我又那麼笨，我的裡面是個小孩，還是很笨的小孩，我這樣想，那個光頭的小男生好像就沒有那麼防著我，我跟金色頭髮的小女孩一起在後面跟著，我們一直走一直走，走到陽光燦爛的地方……光頭小男生也繼續唱歌。」

「他唱什麼？你記得嗎？」

「他唱四個小孩的名字，可是我聽不清楚，只知道是名字……」

一記雷聲突然打響夜空，閃電照亮了老榕樹下大人們恐懼的臉。

「是八寶公主作祟。」里長愣愣地說：「是山神、山鬼、山精……以前我外公外婆有講過，還有上一任已經過世的老廟公，他就在老榕樹底下跟我們講發生在這個小地方的傳說……是魔神仔呦，是魔神仔八寶公主把小孩子牽上山了。」

「你不要這麼迷信好不好？」陳爸爸儘管嘴上這麼說，語氣卻充滿自我懷疑。

他們陷入安靜的恐慌，沒有人聽見廟公小小聲地自言自語著：「不用擔心，不用擔心喔，小孩子現在玩得很快樂，他們在有陽光的地方。」

陳媽媽與陳爸爸疲憊地回到家裡，他們並不打算休息，只是回來拿東西，手電筒、換洗衣物、雨具、香蕉刀等等，消防隊剛才打電話給他們，表示搜救隊已經籌備好，他們準備要上山了，陳媽媽與陳爸爸打算也跟著上去。

「我先換個衣服、把門窗關好我們就走，還有晚餐的菜要記得冰。」陳爸爸簡單地說完便上樓了。

陳媽媽機械式地將晚餐用保鮮膜包裹好，放進冰箱裡，當她看見大碗公中的滷肉，想起這是多多最愛吃的，她差點失手摔碎了碗。

最後陳媽媽坐在客廳長椅上等待陳爸爸，但陳爸爸準備得好久，陳媽媽坐著坐著便換了姿勢，改躺在長椅上，接著，她慢慢昏睡過去。

半夢半醒間，她彷彿也夢到了憨廟公做的夢，幾個面貌不清的小孩子在颱風天跑上山，有一棵巨大的樹，在颱風夜裡劇烈晃動著樹蔭，樹蔭覆蓋住整座小鎮。

天啊……天啊……陳媽媽喃喃念著：救苦救難觀世音菩薩、唵嘛呢叭咪吽、南無阿彌陀佛、玄天上帝、媽祖……但沒人能拯救這幾個孩子，倒是爲首的光頭小男生，在夢中似乎聽見了陳媽媽的呼喊，朝她直挺挺地望去，露出了白森森的笑容。

第五章　尋找小白

穿過濃霧，多多眼前出現一片明亮的陽光。

他朝身後看，達央與小芊揹著背包艱難地走著，多多也不曉得怎麼回事，老感覺有人在叫自己的名字，聽起來像是媽媽的聲音，不過他們才剛上山，太陽高掛天空，一點也還不需要擔心，多多想他們可以分好幾天上山找小白，等黃昏時候就先下山，回家睡覺，隔天再上來。

四人之中只有阿德走得最賣力，將其他人遠遠拋在後頭，多多覺得有點生氣，小芊是女生，體力比較不好，應該等她才對。他三步併作兩步跑向阿德，正要破口大罵，阿德卻突然停下腳步，指著懸崖下的景色。

「嘿，多多，你看早上的霧氣下降了，現在變成底下的雲海。」

「哇賽。」多多小心地站在懸崖邊，看著沒有護欄的邊緣，底下一片白雲繚繞的景象，雲朵中央是遠方的山巒，看起來就像是雲霧中的島嶼。

「酷吧？在山下可沒有這樣的風景。」

「太帥了！可是那邊光禿禿的一片……」多多指著半山腰處，土黃色的空地問：「是怎麼了呢？」

「那個地方以前也是森林，是因爲人類要開墾的關係，才變成那樣的。」阿德冷冷地說著，豆子般的小眼睛裡滿是恨意：「最近又開始有人砍樹，想做一個讓很多人可以上山玩耍的露營地，我不會讓他們得逞……以後說不定整座山都會光禿禿的，我希望他們自食惡果，等颱風來下大雨，他們就知道了……」

阿德說完，對多多眨眼，吹著口哨繼續往前走。

上山的阿德彷彿拋下了山下的包袱，整個人比往常更加親和好相處，儘管多多並不知道阿德原來像達央一樣，對山林的事情也如此清楚，在多多單純的心中，第一次感覺到似乎可以跟阿德成爲朋友。

「呼呼……達央……我眞的不行了，你先走吧。」小芊眼巴巴地看著阿德與多多愈走愈遠，自己卻胸口疼痛、呼吸急促。她倔強地認定跟自己女孩子的身分無關，都因爲她是都市小孩啦，爬山走上坡路這種事，她怎樣都不習慣。

「沒關係，我殿後，這是我爸爸講的，有人在前面帶領，就要有人殿後，以免體力最差的同伴走丟。」

「你說誰體力最差啊？」小芊舉起小小的拳頭，接著又大口喘氣。達央站在旁邊陪著她。

小芊喘了又喘，好不容易平復呼吸，她突然好奇地盯著達央的臉看：「你沒戴眼鏡，感覺好不一樣喔，你這樣看得到路嗎？」

達央有點不好意思，低頭回答：「看得到，只有一點點模糊，我的度數其實不深，是我爸堅持說如果從小戴眼鏡矯正，長大視力就會變好。」

「你爸爸好好喔。」小芊說。他們安靜地走了一會兒，達央偷偷觀察小芊，卻發現她小鹿般的眼睛正悄悄閃現淚光。

「小芊，你還好嗎？」達央輕聲問。

「嗯……沒什麼啦，我只是很不懂，到底爲什麼小白會一個人跑到這種地方？眞的是八寶公主把小白抓走的嗎？」

達央聳聳肩：「我也不知道，小白身體不好，照理來說不會這樣的，八寶公主也不知道是不是眞的存在。」

「那我們爲什麼要跑上來……」小芊用手背抹去額頭上的汗珠，也悄悄擦拭眼角的淚水：「我覺得頭好暈喔，達央，我沒有辦法想事情，我不知道我們爲什麼要跑上山。」

「我也不知道。」達央靜靜地回答，事實上當他看見那團神祕的霧氣時，他心裡已有了答案，一旦走進霧中，就會像過去他第一次上山時遭遇奇怪的事，但他的朋友們已經被「牽」上山了，他沒有辦法，只能從後面小心地保護好他們。

而這個事實，達央暫且也很難跟來自都市的小芊說明，他就只單純相信著爸爸對自己說過的話：你還只是一個小孩子，你沒有做錯事，你還很純眞，不需要感到害怕。

小芊咬著嘴唇走了一會兒，不時凝視腳邊懸崖下方的白雲，她悄聲詢問達央：「那個……你是什麼時候認識小白的？」

達央歪著頭思索一下，回答：「對了，小芊你是兩年前才轉學到這裡，所以不知道吧，我跟多多幼稚園就認識了，我們是在國小的開學典禮上第一次見到小白。」

「喔？」

「他跟你一樣，也是從別的地方搬家到這邊的喔。」想起以前的事情，達央不禁露出微笑：「那個時候我跟多多都很緊張，很怕上了小學沒有認識的朋友，我們在操場排隊，我一下子就看到多多，我們趕快排在一起，後來我們不知道爲什麼，突然一起轉身，就看見小白在隊伍的最後面，看起來很慌張的樣子，我跟多多才發現不是只有我們緊張……也不知道爲什麼，就覺得小白看起來一個人孤孤單單，很可憐，我們主動找他講話，那時候小白就有說，因爲自己身體不好，開學典禮只能待一下下，但之後只要有來學校，希望我們可以當他的朋友。」

小芊的臉浮現紅暈，她結結巴巴地說：「難怪他也對我很好。」

「什麼意思？」

「我剛轉學到這邊時，一個人也不認識，有一次星期三要上體育課，可是我不小心穿到制服的裙子，你記得嗎？那時候多多還笑我，說我穿裙子很醜，你們去上體育課的時候我就一個人在教室裡哭，是小白先來找我說話，放學之後，小白還拉多多過來跟我道歉，然後我穿裙子跟你們打籃球，哈！我還蓋多多火鍋！之後就跟你們比較熟了，小白眞的很好，他看出我也很孤單。」

「多多只是比較少一根筋。」達央忍不住替好友說話。

「知道啦，他何止少一根筋，他根本沒神經好嗎？」小芊氣呼呼地說，早上出門時綁的馬尾有些鬆動了，她重新用手腕上的繩圈再綁一次，接著小跑步試圖追上阿德與多多。

達央嘆了口氣，並不清楚他們這次的冒險會發生什麼事，不過上了山以後天氣出乎意料的好，根本不像有颱風的樣子，也讓他稍微放下心來。

『達央。』

忽然間，達央似乎聽見了爸爸的聲音，而且距離在非常近的地方，他下意識地四處張望，卻什麼也沒看見。

遠遠的，有一隻彷彿猿猴般的生物在山壁上朝達央看去，達央別開目光不敢多看，快步跟上前面的同伴。

達央感覺，那隻猿猴似乎有一雙鮮紅的眼睛。

小芊氣喘吁吁走在多多身後，阿德已經在前方領先了一段距離，正開心地踢著石子，口哨也吹得又響又亮。

「多多，你知道我們要去哪裡嗎？」小芊壓低聲音詢問。

「我不知道啦，但阿德剛才跟我說，小白就是順著這條小路上山的，所以順著這條

路，我們就可以找到小白。」

「阿德怎麼會知道得這麼清楚？」

「是他阿嬤跟他說的吧。」

雖然這樣不對，小芊還是提出自己的疑惑：「阿德阿嬤精神狀況不是不好嗎？她說的話……是不是不能相信？」

多多挑起一邊眉毛：「喂，你之前不是跟我說不要講阿德阿嬤的壞話？」

「這也不是壞話啊，只是……」小芊猶豫地說：「我只是覺得，小白不像會自己走到山裡的人，假如是被八寶公主抓走，也太像大人會說的鬼故事了，而且阿德從一開始就反反覆覆，一下子說小白是自己上山的，一下子又說是被八寶公主抓走，我覺得……阿德怪怪的。」

「你才怪怪的，你有多了解小白？怎麼覺得他不會自己上山？你覺得小白很膽小是嗎？」

「不是，但小白好像……確實是……很怕山。」

「你們幾個也走太慢了吧！」阿德忽然轉過身朝他們大叫，甚至指著小芊喊：「你啊！一直講小白怎樣怎樣的，你是很喜歡他嗎？你花癡啊？」

小芊被激怒了，她漲紅著臉吼回去：「要你管！小白是我們的好朋友，才不像你是個惡霸。」

阿德張開嘴正要說話的時候，奇怪的景象卻出現了，從山谷下方的雲海中閃現雷電，突然之間天空轉爲陰沉灰暗，太陽不知所蹤，並下起了滂沱大雨。

「山生氣了。」不知道是不是多多的錯覺，他好像聽見阿德說了這麼一句，接著阿德便揮手叫大家跟著自己。

四個孩子離開靠近山谷的道路，走入杳無人煙的樹林，隨著阿德彷彿熟門熟路地在樹叢中穿梭，四周的樹木與植物也愈來愈高大蓊鬱，從低矮的土密樹到鵪鴣麻、魚木……森林好似自有其意識般在他們面前增長，形成崎嶇蜿蜒的綠色迷宮。他們走得愈深，樹木的種類就愈特殊，達央暗自在心中默記，他們已經逐漸遠離平地，直到遇見第一棵七里香，因恆春勁風吹撫導致這棵七里香長得奇形怪狀，一根粗壯的枝條橫梗在孩子們前方，彷彿守衛般保護著未知的路途。

此時阿德率先蹲低身體，從枝幹下方小心翼翼地爬行，接著扒開地上濕潤的枯葉，漸漸挖出一個根本不應該存在的洞口。

「阿德……」小芊輕聲呼喚，她心裡已經充滿了想回家的念頭，但阿德似乎沒聽到她的聲音，反倒對其他人露出篤定的微笑。

「我阿嬤上次也走過這裡，底下有祕密通道喔。」面對其他人疑惑的目光，阿德解釋著，接下來居然將頭埋入枯葉。

阿德就像被土地吸納進去一樣，整個身體慢慢鑽入枯葉之中。

「阿德！」小芊驚慌地大喊，枯葉堆沒有任何動靜，葉片在山風的吹撫下無害地微微顫動。

這幅畫面異常詭譎，多多、小芊與達央似乎漸漸明白了一些事情，達央與多多分別抓緊小芊的手，將她圍在中間保護著。

「我們一定要把小白帶回來。」多多低語。

「嗯。」小芊用力點頭。

達央默不作聲地凝望二人，伸手做出一個手勢，周遭樹林的鳥發出鳴叫，那是一種特別好聽的叫聲，達央說：「跟著我。」

達央想著爸爸曾對自己說的話，鼓起勇氣鑽入枯葉堆裡。

小芊捉住達央急遽沉入土壤的雙腿，身體也跟著被吸進土地中，多多驚叫一聲，連忙拉住小芊的雙腿，但有某種強大的力量將孩子們一個個吸入濕潤的枯葉，不一會兒，寂寥的山道再也沒有任何孩子的蹤跡。

第六章　神祕失蹤事件

孩子們失蹤的第二天，姜老師正準備搭車回自己位於嘉義的老家。她才剛提著行李踏上月台，就接到了來自劉媽媽的電話，通話內容不外乎是指責姜老師有多麼失職，並要求她立刻到里民服務處爲幾個心碎的家長進行說明。

姜老師立刻回到學校旁簡陋的教師宿舍，匆匆放下行李趕往里長家。在那兒，她見到了怒氣沖沖的劉媽媽以及面色憂鬱的陳媽媽、陳爸爸，還有一臉抱歉的里長跟附近幾個熱心又好奇的鄰居。

「現在的情況怎麼樣？」姜老師簡潔地詢問。

「達央爸爸昨天已經上山找人了，他是排灣族獵人，常常進出山林，不要緊。」陳媽媽絞著手指回答道：「阿德阿嬤還在住院，就是她看到那些小孩跑上山，她昏迷到現在，也沒辦法問，我們都好緊張，姜老師！搜救隊還不讓我跟我老公上山，我們到底要怎麼辦……」

面對陳媽媽的哭喊，姜老師十分冷靜地說：「這不是很正常嗎？」

「你什麼意思？」劉媽媽抽回下意識要安慰陳媽媽的手，改為交叉雙臂，瞪大雙眼凝視姜老師。

「我的意思是說陳媽媽沒有救援的訓練跟入山的知識，當然不適合加入搜救隊，就算硬跟也只會拖慢搜救速度，還是待在平地等待消息為好。」

「你的意思是除了等待，我們無能為力？」

「倒也未必，我覺得我們還是可以組織一個團體，保持跟達央爸爸、搜救隊之間的聯繫，同時加強附近社區的溝通，假如有任何人看見這些孩子，第一時間可以連絡誰？除此之外還有一個很重要的問題，是我們現在急需釐清的……這些孩子為什麼會失蹤？目前已經有阿德阿嬤目擊小孩跑到山上，那還有其他人看到嗎？假如他們真的跑上山，是他們自己去的，還是有人帶？」

「我們一點頭緒也沒有，只好打電話把你叩來，我聽人說我們幾個小孩子放假後還有去找你問事情，恰好就是在失蹤的前一天！想說也許你可以幫上忙。」劉媽媽不客氣地說道：「先講清楚，我個人傾向能用理性的角度去調查這件事情，而不是什麼怪力亂神的解釋。」

姜老師沉吟著望向遠方雲霧繚繞的山巒，淡淡說道：「你指的怪力亂神是什麼？」

「像是鬼啊！妖怪啊！」劉媽媽漸漸變得有些歇斯底里：「什麼魔神仔，八寶公主的，根本都是道聽塗說！但這些人都很相信你知道嗎？這就是我討厭鄉下的原因，等我把小芊找回來，我要立刻幫她辦轉學，像台北連半夜兩點天空都是亮的，街道上都還有人呢，那種地方才適合我們家小芊！」

「劉媽媽，或許這個世界上沒有鬼怪，但您有沒有想過，您的孩子也許仍是因爲相信有這些東西所以才失蹤呢？假如是因爲相信這些東西存在才導致目前的情況，您怎麼能說神或鬼不存在，它們就算寄生於故事中、活躍於孩子間的口耳相傳，那也是一種存在。」

「姜老師，我差點忘了，你一定也會相信這種鬼話，就像你相信自己有陰陽眼那樣。」劉媽媽冷冷地說。面對其他人驚訝的目光，劉媽媽只是輕輕哼了一聲：「我反過來問你，你有沒有想過，你得的其實根本是精神病，而不是陰陽眼？不好意思啦！我也沒有特別去查，恰好跟校長夫人聊過，她說你早年有幻聽幻覺，曾經諮商一段時間，後來你跑到花蓮的一間小廟修行，你來這邊面試的時候，好像還很驕傲地說過你有陰陽眼。」

「我沒有驕傲地講這件事。」姜老師耐著性子解釋：「是因爲在履歷上有一段空白時期，那段時間我在一間寺廟休息，我不想說謊，但我後來也知道我不是精神方面的疾病，所以我才老實說是陰陽眼，難道眞誠地說出自己認爲的事實，也是不應該的嗎？而且……」

「你不用再辯解了。」劉媽媽打斷她，轉而環視眾人：「我就想問一件事情，你們眞的要讓這樣有病的女人當我們小孩的老師嗎？」

「劉媽媽，你又何必在這種時候煽動大家的情緒。」陳媽媽儘管在聽到姜老師承認自己有陰陽眼時大驚失色，卻仍好言相勸：「姜老師是有心要幫忙找回孩子，你剛才說多多和小芊他們有到學校找她問事情……姜老師，到底是什麼事情啊？」

「他們在找一個失蹤的玩伴，叫做小白。」姜老師平靜地回答道。

「小白？」陳媽媽面露疑惑：「我知道啊，多多有時會跟我提起，因爲身體不好所以沒辦法常常去學校……」

「小芊也跟我提過，但我要她不要隨便跟這種人交朋友，要是也傳染疾病怎麼辦？」

「問題是，小白並不存在。」姜老師頓了一下，似乎正考慮該如何講述：「他們說的這個小白，我從來沒在班上看過他，如果對照全班的通訊錄資料，也找不到這樣一個孩子，劉媽媽、陳媽媽，你們有見過多多或小芊帶一個臉色蒼白，身體瘦弱的孩子回家嗎？」

陳媽媽搖了搖頭，陳爸爸囁嚅地說這座小鎮也沒人姓白。

劉媽媽則依舊跋扈：「我是不可能讓小芊跟這種怪孩子來往的！」

「不過陳媽媽您之前說，阿德阿嬤昏迷前看見孩子們上山？是不是他們聽見什麼消息，覺得那個叫做小白的孩子跑到山裡了？」

「也是有可能……可是姜老師，我在小孩子他們失蹤前有跟達央爸爸一起去阿德家。」說到這裡，陳媽媽瘦小的肩膀開始顫抖：「阿德家發生了一些怪事，很恐怖的事。姜老師、劉媽媽，這不是我在危言聳聽，而是那個地方眞的發生了讓人想不透的事情，有一根蠟燭，一直燃燒都沒有熄滅……劉媽媽，我是眞的很相信有鬼存在，你不能因爲看不見就不相信，你是從都市來的所以不明白，我們這邊很多人三代務農，也會去山上做工，有些傳說從古流傳到現在，不能不尊重啊。」

「你的意思是，我現在應該要跟你一樣拿著水果三牲金紙開始沿街祭拜嗎？你是不是又要去找土地公廟那個智障？你不要開玩笑了好不好，有沒有想過當你在這邊迷信得呼天搶地，你兒子可能在山上挨餓受凍，下一秒就要死掉了啊！」

劉媽媽最後一句話說得實在太過分了，陳媽媽不禁嚎啕大哭，陳爸爸並沒有責備劉媽媽，只是將手臂圈住自己的妻子，一面安慰一面帶她離開。其他雞婆的鄰居輪流數落劉媽媽的不是，里長則居中作和事佬；姜老師倒沒有生氣，她看見劉媽媽氣得渾身發抖，又因懊悔而臉紅，優雅的粗框眼鏡因汗水歪了一邊，但她已無法收回自己說出的話語。姜老師明白劉媽媽承受著巨大的壓力，她從兩年前搬家到這個地方，就一直沒有被當地居民接受。

「劉媽媽，我暫時不會回老家，如果你有任何協助搜救的想法，歡迎找我討論，我相信目前是很需要一個聯繫人，我這邊已經有你的電話，我可以把這個號碼轉給其他幫得上忙的人嗎？」

劉媽媽漲紅臉點了點頭。

「那太好了，我也給你我的電

話。」姜老師在身上找出幾張廢紙，寫下自己的電話號碼：「我會在鎮上多問一些人有沒有看見小孩子，我們保持聯繫。」

這是個小地方，孩子失蹤的消息很快傳遍大街小巷，尤其還一次失蹤了四個孩子。姜老師徒步前往小鎮圖書館時，仍能聽見自助餐店或路人正交頭接耳地討論。

經過榕樹下的土地公廟時，姜老師瞥見陳爸爸正在廟裡安慰著陳媽媽，榕樹下的大石頭上坐著呆呆的憨廟公，憨廟公看見姜老師，趣味地吹了聲口哨。

「啊你甘有看到？」憨廟公問。

姜老師搖搖頭：「他們來找我的時候，我就沒看到那個小孩子了，所以我也沒辦法確定牽他們上山的是不是同一個……可是我一直覺得，那個小孩應該不會害其他的孩子才對。」

接著姜老師指了指憨廟公身後，陳爸爸與陳媽媽已經拜好土地公準備出來，姜老師轉身離去，她還有些資料需要從圖書館中查詢。
陳媽媽在土地公廟內好不容易收拾好自己的情緒，加上土地公允她三個聖筊，表示一定可以找到孩子，她終於止住眼淚，很不好意思地推開丈夫的懷抱。
他們到土地公廟原是想問憨廟公怎樣才能找到孩子，但憨廟公打發他們先跟土地公打招呼。在燒好香也獲得允筊後，陳媽媽來到憨廟公面前，撲通一聲就要跪下，憨廟公覺得莫名其妙，又像好玩，竟也跟著跪下，陳爸爸頗爲無奈地站在兩人中間，最後默默拉起他們。
「憨廟公啊，你有沒有什麼方法找到我孩子？」陳媽媽說著不禁又潸然淚下。
「不用擔心，我有一隻目睭在其中一個囝仔身上哩。」憨廟公揮著手說：「你們有買金紙嗎？」
「有。」
「鞭炮呢？」

「也有。」

「內褲呢？」

陳爸爸嚇了一跳：「沒有，爲什麼……」

憨廟公再度揮了揮手，又招招手，要求夫妻倆靠近聽他低聲指示，待夫妻倆靠近，憨廟公卻聲嘶力竭地喊道：「山頂現在有好多魔神仔互相糾纏！最近才不平靜耶！那個牽囝仔的小魔神仔是來報仇的！紅眼睛的猴子是想抓人去玩！還有八寶公主，八寶公主有紅色頭髮，高大的身體跟有尖爪子的手，祂眼睛鮮紅，牙齒銳利，咦？怎麼那個金毛丫頭又跑來……不知道是什麼事，怎麼這麼多過來！你們怎麼這麼多過來咧？我看單純放鞭炮不行，一定要大拜拜啦！」

憨廟公開始手舞足蹈，喊著要大拜拜。在憨廟公的要求下，陳媽媽與陳爸爸慌張地四目相對，無奈地拿起塑膠桶跟著憨廟公往前走，走著走著憨廟公不滿意，說：「你們這麼靜，魔神仔哪欸怕？緊大聲啦！」

陳媽媽與陳爸爸大吃一驚，試著敲響手中的塑膠桶，實在搞不清楚自己爲什麼要配合，但如果不配合，不知道會發生什麼可怕的事。也許多多就回不來了，想到這個，陳媽媽率先發難，她亂七八糟地跟著憨廟公的指揮又敲又唱，陳爸爸也只好跟著蹦蹦跳跳，長長的鞭炮即刻點燃，他們開始大吼大叫地往山上前進。

第七章　祕密通道

在小芊的記憶中，小白是個很溫柔的人。雖然當小芊獨自一人在教室與小白相遇，她其實是有點害怕的，也說不出是為什麼，就覺得小白的臉十分蒼白，像極了她小時候看過的白色豬皮。

「你叫什麼名字？」小白柔聲問：「你怎麼一個人在這裡哭呢？」

「我叫劉芊祐，剛轉學過來，我忘記星期三有體育課，應該要穿運動服，現在老師因為我穿制服，就說我不能去上體育課。」

小白歪著頭想了想：「你不能請你媽媽幫忙送來嗎？」

「我媽超兇的！我不敢啦。」

「我媽媽也很兇。」小白笑了：「對了，你有見到多多跟達央嗎？他們是我的好朋友喔，我可以介紹你們認識。」

小芊張開嘴想要說好，但小白卻忽然看著遠方，側耳傾聽彷彿不存在的鐘聲。

「下課了，要吃營養午餐囉。」小白突兀地說道，獨自轉身離開教室。小芊不知爲何著急起來，她跟上前去，看見裝滿燉菜、湯、白飯與炸肉丸的鐵桶、飯盒已經從廚房運送過來，並排擺放在走廊上，而小白背對著她蹲在地上，稀哩呼嚕地用手抓營養午餐來吃。

「小白……」小芊朝他的背影伸出手。

小白轉過頭，臉色極其蒼白，像死豬的皮膚。他的眼睛瞪得大大的，異常鮮紅，嘴巴裝滿惡臭的樹葉與糞土，但他仍咧嘴露出喜悅的笑容，將滿手的穢物遞給小芊。

「你要吃嗎？很好吃喔，是很好吃的營養午餐喔！」

小芊驚恐地放聲尖叫，她蜷縮在枯樹葉中，像一隻蟬的若蟲，鼻腔飄盪著樹木的香味，她身後的多多用力推她的腳。

「小芊！小芊！你怎麼了？」

「沒、沒事啦。」

多多前方的小芊含糊地回應著，而後便繼續往前爬行，在多多的前方撥開重重樹葉。

這條通道起先非常狹窄，但小芊與多多緊緊跟隨達央往前爬，而多多會在小芊慢下來的時候，從後面輕輕推她。

小芊覺得很害怕，不曉得自己剛才怎麼會看見奇怪的幻象，但她沒有停下來，只是在黑暗的枯葉甬道中艱難地爬行。掌心下方的泥土濕潤鬆軟，還很溫暖，小芊努力眨著眼睛，希望能夠適應黑暗，但甬道太過狹窄，空氣也相當稀薄，光線一丁點都不存在。經過幾分鐘，甚至也可能是幾小時，小芊發現通道變寬敞了，她急切地往前爬，這條甬道要是再長一些，哪怕只有一點點，她也受不了了。不一會兒，小芊整個人跟著大團樹葉一同滾落，多多也在幾秒鐘後摔落在她身邊，一瞬間，他們置身於神祕的地方。

「這裡是……」

環視周遭，小芊意識到他們身處一座洞穴，達央已經撥開身上的碎葉四處張望，並從口袋裡掏出一支打火機點燃，微弱地照亮洞穴的黑暗，阿德的聲音從洞穴另一頭傳來。

「你們快過來！」

達央等小芊與多多跟上腳步，他們並肩走在陰暗洞穴，走著走著，小芊的肚子發出咕嚕咕嚕咕嚕的聲音。

「你肚子餓啦？」

「我一整天都沒吃東西呀。」小芊有點哽咽地說。

在洞穴的轉彎處，阿德直直盯著小芊：「幹嘛？肚子餓了嗎？也太不中用了吧。」

阿德說完，肚子卻也跟著咕嚕作響，彷彿是接龍，達央與多多的肚子分別也「咕嚕、咕嚕」地吼叫著。

「我原本有帶飯糰，但早上就吃完了。」小芊悄聲說。

達央從自己的背包中拿出巧克力與麵包分給大家，只有阿德面帶不屑地拒絕：「沒關係，我才不吃這種東西，只要到樂園裡面，隨便都有得吃喔。」

「怎麼可能啊。」多多胡亂咀嚼達央的食物，因爲分量不多，很快就吃光了：「阿德，你好像對這邊很熟耶，你是常常上山嗎？我以爲你放學都回家照顧阿嬷。」

「我阿嬷也常上山啊，我是跟著她去的。」阿德豆子般的小眼睛四處亂飄，好一會兒才終於尋找到前進的方向。「我們就快要到鬼樂園囉，小白一定也在那裡。你們可以在那邊玩很久，裡面隨便什麼都可以吃，而且現在八寶公主不在，我們進去裡面把門關起來，讓祂再也進不來。」

小芊抱著身體發抖：「你可以不要一直講八寶公主嗎？」

「眞的？」倒是多多興奮地睜大眼睛：「有炸雞嗎？有冰淇淋嗎？還有可樂，我想喝可樂！」

阿德用力拍拍胸脯保證：「沒問題，你想要吃什麼都有。」

「太厲害了，你是把食物藏在祕密基地嗎？」達央湊近阿德好奇地問道。

阿德只是微笑，沒有回答，他繼續用跳舞般的步伐往前走，一面跳一面唱：「山上的樂園，是鬼樂園，有好多好多鬼，你們最怕的，統統在那邊……」

他們在洞穴中走了好久，達央甚至疑惑起他們每天都會看見的這座山裡，怎麼會隱藏著這樣狹長的洞穴？隨著時間一分一秒過去，他們愈走愈累，愈走愈餓，最後小芊再也無法承受了，她跌坐在地上，嗚嗚的哭泣。

「我眞的再也走不動了。」她說。

「太陽大概已經下山了吧。」達央習慣性地瞥了眼手腕上的錶，但錶的指針不知何時都已停止。「我們今天大概沒辦法回家了，要想辦法在山上過夜才行。」

「已經天黑了嗎？我們可以從原來的路回去啊，不能不回家啦，我媽媽會擔心。」多多原先還表現得貪吃貪玩，一聽到達央說已經天黑了，他便著急起來：「我媽媽說晚上要做滷肉耶，我想回家吃。」

「你們應該沒辦法回家了。」阿德說。

「多多，我們迷路了，你沒有發現嗎？我們已經走那麼久都還沒找到出口，再繼續走下去只會浪費體力，還是等早上再說吧。」達央冷靜地告訴每一個人：「這個洞穴有雨的味道，還有潮濕的風吹過，一定是很接近外面的。通風沒有問題，我們也可以生火，看看能不能煮熟一些食物來吃。」

雖然達央非常冷靜地說出這些建議，但其實他並不相信憑靠自己的小打火機就能生火，也不相信他們能在這洞穴裡找到什麼食物，然而達央對時間流逝的概念卻是很精準的，這是因爲他過去與作爲獵人的爸爸上山，爸爸曾經教過他的關係。

不等其他人同意，達央已經盤腿坐下，取出打火機試著燃燒附近的枯葉、樹枝生火。

「我來幫忙。」一會兒後，停止哭泣的小芊毅然加入，協助從附近尋找石塊與樹枝。

「這樣火最好可以生起來啦。」多多也停下慌張，傻裡傻氣地朝冒煙的樹葉狂吹氣，試圖讓火苗變得更大一些。

阿德在一旁看著他們，不知怎地，表情流露出羨慕。

「阿德你過來這裡擋風。」突然一陣強風從洞穴底端吹來，差點將火苗吹熄，阿德被達央出聲催促，不由自主地跟著加入生火的行列。

孩子們圍繞逐漸兇猛的火焰，汗濕的面孔被照得一片紅亮。

他們著迷地望著火焰許久，直到小芊開玩笑地說：「差點忘了還是沒有東西吃呢。」

「有啊，有好多好吃的，要聰明的人才看得見。」說完，多多立刻假裝手上有好幾串烤肉，在小小的火焰上方一字排開，甚至為隱形烤肉配音，發出滴油的「吱吱」聲。

多多將每個人逗得開懷大笑，連阿德也笑了，他說：「想不到你們這麼好玩，嘻嘻。」

「阿德你還笑，說來說去都是你亂跑，我們現在才這樣。」小芊不高興地說。

「沒關係，我們休息一下，等天亮就可以下山了。」達央趕緊接話，以免兩人又吵架。

「你怎麼知道現在是晚上？」多多問。

「因爲變冷了。」達央解釋：「你們沒有發現嗎？自從我們進入這個洞穴，氣溫就下降很多。我以前跟爸爸在山上的時候，每到晚上要回家了，就會有這種冷冷的感覺。」

「那你不會害怕嗎？」阿德故意問。

「我會害怕啊，你應該也怕吧，小芊也是，多多也是，但沒有問題的，我們等天亮就能回家，要煩惱的只是怎麼打發掉這段時間，我還一點都不想睡呢。」

「我也是！太好了！難得沒有媽媽管，我們愛玩到幾點就玩到幾點，都不用睡覺！」多多跳起來大聲歡呼。

「但沒有東西吃，玩起來也很難過呀。」小芊一手撐著臉頰，因飢餓而有氣無力的。

「不然我們來講鬼故事好了。」阿德突然舉手提議。

「不要啦！鬼故事很可怕耶，而且聽說只要講鬼故事，那些好奇的鬼就會跑來聽。」多多第一個反對。

「那來說……我們小時候遇到最恐怖的事情？」阿德的這個提議，讓達央、小芊與多多都不自覺感到背脊發涼，因爲在阿德這麼提議的瞬間，他們每個人都想起了自己過去所遭遇到最可怕的事。

「不要講這種啦，爲什麼一定要自己嚇自己。」多多不高興地再度反彈，但阿德這次並不退讓。

「反正也是無聊啊，不然你有更好的想法嗎？」

「我們可以比賽講笑話。」

「你自己就是一個天大的笑話，我立刻就輸了，你第一名，哈哈哈哈～」

多多忿忿地轉頭尋求好友達央的支持，但達央看了阿德一眼後便同意道：「反正時間很多，我先來講，怎麼樣？」

阿德露出滿意的表情說：「那就達央先講吧。」

達央點點頭，握緊拳頭，思緒回到自己七歲時，第一次與獵人爸爸上山……

第八章　阿德阿嬷醒來了！

姜老師在圖書館中仔細地翻閱鄉誌、地方史等文獻資料，她蒐集這些資料許久，早在四個孩子失蹤前就開始了，爲的是更了解「八寶公主」的傳說，此時她手邊有一張剪報，是二零零八年的新聞，描述一名老婦在山上被紅髮魔神仔引誘迷失，這張剪報旁還有一份紀錄，作者不詳：

昭和六年，八寶公主的骨骸與船隻碎片被一名姓張的當地居民發現。張姓居民的親戚在某日發瘋，經常拿火燒人房屋，於是被帶去求神問卜，乩童果眞降乩，口說英語，在柯姓居民的翻譯下得知自稱荷蘭公主瑪格麗特的鬼魂希望能回家，於是眾人爲祂製作紙船，送公主出航。

紙船卻在海上打轉，無法順利離開，八寶公主於是又託夢表示既然無法離開，願意留下庇佑居民，但得爲她讓出海邊萬應祠的三分之一。

後有學者研究發現，八寶公主並非來自荷蘭，反而與一八六七年的美國羅發號事件有關，八寶公主眞實身分爲當年遇難的羅發號船長夫人杭特太太，據說羅發號當時誤闖排灣族領地，遭當地原住民反擊，包含杭特夫人在內十三人喪生。

這段故事結合墾丁傳說，加上媒體渲染，竟成爲荷蘭公主瑪格麗特化身爲厲鬼前來索命的傳聞，但在萬應祠附近，仍有一群人相信八寶公主已成爲護祐當地的好神明，虔誠地祭拜著祂。

這幾天姜老師一起床就到圖書館報到，手中的原子筆飛快寫下筆記，當她翻到一疊從檔案室中取出的照片，其中一張照片引起了她的注意，但在此時，口袋中的手機震動起來，姜老師放下紙筆，按下通話鍵。

「姜老師，我有收到你的留言，我是達央的爸爸。」男人的聲音從電話中傳來，即便是通過電話，也能聽見彼方傳來劇烈的雨聲。

「您還好嗎？山上的情況如何？」姜老師溫和地問。

「很糟糕，雨勢愈來愈大，人也難走，我家的狗也沒辦法鑽小路，我可能晚一點要先撤下來，跟搜救隊的朋友會合。」

「還沒有遇到搜救隊嗎？」

「沒有，我家小鬼也沒留下任何記號，過去我教過他，假如迷路了要留下記號，這次卻完全沒有……」

「這次？以前達央也迷路過嗎？」

聞言達央爸爸笑了：「達央迷路的次數太多了，有時還是我故意讓他迷路的，這樣比較好，哪天我不在了，他一個人在山上也可以存活。」

眞是個不錯的爸爸。姜老師暗想。

「對了，你可以先幫我連絡其他失蹤孩子的家人嗎？我若是提早下山，有消息可以先讓他們知道。」

「沒問題。」姜老師馬上答應。

「目前山上的模樣眞的很古怪，還沒過中午就有霧氣，我幾個住在山上的朋友也都不在家。他們的屋子都空蕩蕩的，門戶大開，白霧在裡頭逗留，人像是剛剛才離開似的，但他們的狗已經餓好幾天了……啊！別擔心，我都有幫忙餵。」

「您覺得到底是什麼原因呢？」姜老師想起方才找到的照片，忍不住詢問：「我剛剛在查詢這裡過去的歷史資料，您知道五十年前有一個叫做詹皓的孩子嗎？發生在那孩子身上的事情似乎是當年一樁可怕的悲劇，現在村裡的老人也不太提起，但這件事一直留存在小鎮的歷史之中。」

「詹皓……」達央爸爸沉吟著：「我爸爸有跟我說過，他是一個喜歡爬蟲類的小孩，有一天因為想抓攀木蜥蜴的關係自己一個人跑上山……就和現在那幾個孩子一樣，沒有人知道他怎麼就一個人跑上去了，但他再也沒有回來。」

「我見過那個小孩子。」姜老師話一出口就後悔了，她不等達央爸爸回應便立刻岔開話題：「我是說，我在圖書館找到一張他以前當模範生的照片，我覺得多多、達央、阿德和小芊跑上山的原因，可能和詹皓有一些關聯。」

「什麼樣的關聯呢？」達央爸爸的語氣充滿疑惑，姜老師安靜下來，確實是這樣，以其他人的角度來看，兩者之間並沒有相似之處，姜老師想起劉媽媽對自己的指責，說她迷信而神經錯亂，於是到嘴邊的話又全都吞回肚子裡。

「我還在查，潘先生，假如有任何消息我再通知您，同樣的，您那邊有任何需要也可以連絡我。」

「好的，那麼聯繫其他家長的事情就拜託你了。」

姜老師剛掛上電話，突然聽見一陣響徹雲霄的敲鑼打鼓聲，她衝出圖書館一看，竟是陳媽媽與陳爸爸跟在憨廟公身後，兩人頭上詭異地戴著不知哪裡來的內褲，一面流淚一面舞蹈，還敲著水桶與鍋子，跟著憨廟公喃喃誦古怪經文。

憨廟公沿路都在說不明所以的話，看見姜老師時還朝她揮一揮手：「你們免驚！免緊張！小孩子在山上很好，有吃有玩！還吃炸雞喔！」

陳媽媽與陳爸爸兩人看上去即將昏倒，卻又不斷央求周遭圍觀的親朋好友跟著一起上山找人，於是加入隊伍的人愈來愈多，時而面面相覷，搞不清楚自己怎麼會置身在如此奇怪的遊行裡，但因爲身邊的人都盲目地做著類似的動作，於是新加入的人也跟著拿著鍋碗瓢盆不斷敲出聲響，甚至有人放起鞭炮，讓平時死寂的小鎮顯得好不熱鬧。

姜老師看著這長長隊伍逐漸走向山路，她的手機又震動了，居然是劉媽媽打來，她一接起電話，劉媽媽那倨傲的嗓音奇異地帶著一絲緊繃：

「姜老師，你快來忠和醫院，阿德阿嬤醒過來了！」

＊＊＊

劉媽媽自那天口無遮攔後，或許是出於愧疚，與姜老師談過便到辦公室用彩色印表機印出一百張四個失蹤孩子的照片，照片下方附註孩子們的外型特徵、年齡、失蹤當天的衣著，爲了收集到這些資料，她與陳媽媽、

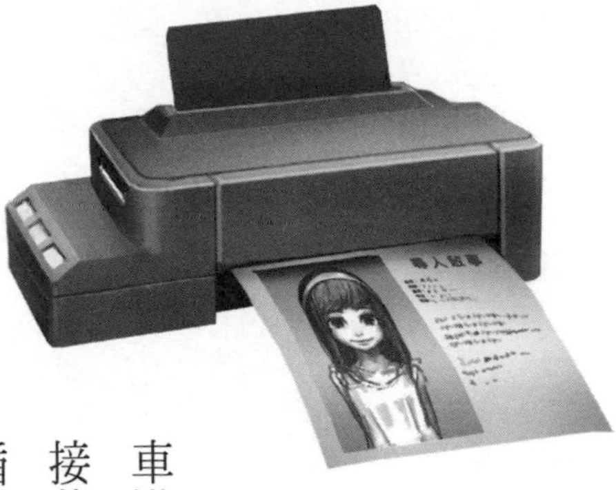

達央爸爸聯繫，最後也打電話給姜老師詢問阿德的資料。

在做這些事情的時候，劉媽媽已完全沒有之前囂張的氣焰，只剩下她平日工作時的冷靜與高效率，印有孩子照片的傳單製作好後，她開車沿街發送，甚至貼在圍牆、樹木與社區公告欄上，接著她還不放心，儘管從未開車進入山路，她仍盡量循著山邊的人家一一發送傳單，並拜託他們如果看見有小孩子的身影，務必要打電話給她。

「最近常常有小孩子哩。」其中不少住戶都跟劉媽媽說，最近常有一個光頭的小孩子在樹林中遊蕩，但因爲他們以爲是小鎮市區的孩子，所以沒有特別注意。

「也跟照片上的小孩長得不一樣。」山腳下的住戶跟劉媽媽說：「這四個小孩看起來都很乖，很可愛，那個光頭小孩比較調皮，有時候會欺負我家的狗跟雞。你家小孩一定不會有事的，看起來這麼乖，鬼也不敢去傷害她的啦。」

劉媽媽這些日子與居民打交道以來，已漸漸習慣他們講話就是這個樣子，他們把鬼怪掛在嘴邊，只是因爲他們從以前到現在都是如此。

劉媽媽謝過對方，拿著剩餘的照片去找陳媽媽，卻聽她的婆婆說夫妻兩人這幾天都跟著憨廟公四處做法。劉媽媽也不管了，她在腦海中思索還有哪裡沒發到傳單，立即想到忠和醫院，索性也順便去看看阿德阿嬤。

以前劉媽媽並不喜歡阿德一家子，他們家就只有阿德與阿德的阿嬤，感覺是個問題重重的家庭，但如今阿德阿嬤身爲最後一個看見小芊的人，劉媽媽坐在病床前，死盯著陷入昏迷的老人家看，突然覺得眼前這名骨瘦如柴的老人非常可憐，都一把年紀了，還插著鼻胃管硬撐著，看起來很痛的樣子。

劉媽媽嘆了口氣，轉而想像阿德阿嬤最後一次看見小芊可能是在什麼地方，是在學校呢？還是孩子們戲稱「吊死狗」的轉角？還是阿德阿嬤住的三合院？此外阿德阿嬤有跟小芊講話嗎？小芊失蹤前說的最後一句話又是什麼呢？

劉媽媽想著想著，回憶起女兒開心或生氣時都會紅通通的臉，忍不住流下淚來，她甚至絕望地想，是不是應該放下身段，回頭去求前夫，看他有什麼人脈可以幫忙搜山找女兒。

劉媽媽早年是個女強人，原本不想要小孩，到三十歲時都還在為事業打拚，直到遇上前任丈夫，劉媽媽第一次有了想與他人共組家庭的想法，卻不知道當時自己的身體已經難以懷孕。

小芊是劉媽媽唯一的孩子，也是他們做了好幾次試管嬰兒好不容易得來的女兒。

前夫是長子，曾暗示她還想要一個兒子傳宗接代，但劉媽媽知道成功機率幾乎為零，她寧願將所有的愛投注在小芊身上，也因為第二胎的事情與丈夫經常吵架，最後兩人離婚。前夫毫不猶豫放棄小芊的監護權，除了乾脆地付出大筆贍養費以外至今對她們母女不聞不問。

大概也不會在乎小芊的死活吧。劉媽媽心想：既然如此，又何必回去找他。

「看見阮阿德與四個小朋友上山。」

劉媽媽猛一睜開眼，和剛甦醒的阿德阿嬤對上視線，阿德阿嬤的鼻腔還是被鼻胃管塞住，那句話也絕不可能是從她嘴裡說出，但阿德阿嬤是眞的醒了，劉媽媽趕忙找護士過來，自己則到病房外打了通電話給姜老師。

「阿德阿嬤醒了！」

姜老師與劉媽媽會合後，兩人來到阿德阿嬤的病房，那時護士已幫阿德阿嬤取下鼻胃管，阿德阿嬤愣愣地望著病房窗外的景色，彷彿並未注意到房間裡多了兩個人。

當姜老師與劉媽媽面面相覷時，阿德阿嬤自顧自張開嘴，清晰地以台語說：「看見阮阿德與四個小朋友上山。」

「阿德阿嬤……我是小芊的媽媽。」劉媽媽說了一半卻哽咽，她勉強振作精神：「哩感覺安那？可以說話嗎？」

阿德阿嬤微微點了點頭。

「這是姜老師，是忠和小學的老師。」

姜老師沒有順著劉媽媽自我介紹一番，而是從包包內取出從圖書館調閱出的文件，仔細地翻找著。

劉媽媽沒等姜老師搭理，便開口問：「阿德阿嬤，潘先生跟陳媽媽都說你是最後一個見到孩子們的人，你也是唯一一個看見他們上山的人，請問一下，你知道他們怎麼會上山嗎？」

「我不是說過了嗎？」阿德阿嬤一臉狐疑地轉頭看望劉媽媽：「有個鬼囝仔牽他們上山。」

「可是……」

「那個鬼囝仔是光頭，是跟阮下來的，我很自責，上山的時候，它假裝是阿德，又說自己被八寶公主追，我只好帶它下山，後來，它就賴著不走了。」

「阿德阿嬤，世界上沒有鬼……」劉媽媽正要滔滔不絕地說下去，姜老師伸出手制止她，並拿出一張黑白照片給阿德阿嬤看。

「這個小孩子叫詹皓，阿嬤甘嘸看過？」

照片中的小男孩穿著正式，留著當時普遍的平頭，也因過去的拍照風氣，小男孩表情十分嚴肅，但仍不失清秀。

「伊是阮小學同學。」阿德阿嬤輕輕地說：「人家攏叫伊小白。」

姜老師內心一震。

「阿德阿嬤，您看見帶小孩子上山的是小白嗎？」

「不是，怎麼可能是伊，小白已經失蹤多年了。」阿德阿嬤突然咳嗽幾聲，聲音變得微弱：「剛剛才在講，帶多多、阿德、達央跟小芊上山的是鬼囝仔，是小魔神仔啊……只是……」

「只是什麼？」

「小魔神仔和我在山上的時候，我還見過其他魔神仔。」

劉媽媽半張開嘴，像是想再反駁一次，但姜老師的眼神讓她保持沉默。姜老師從背包中拿出幾本大書，有的書看上去封面極新，有的則相當陳舊。

「阿嬤，您能看看還有見到哪種魔神仔嗎？」姜老師依序排列書籍，手指緩緩翻開書頁：「這是據說由山難的登山客變成的黃色小雨衣，在玉山第一次被發現，會爲迷路的登山客指路，但所指之處通常都是懸崖，有人請這種魔神仔幫忙拍照，拍完之後會發現黃色雨衣在半空中飄盪，雨衣裡什麼也沒有。」

阿德阿嬤只瞥了一眼就別過臉去。

「那這個呢？這是最有名的大坑風景區紅衣小女孩。原是一家人到山上健行，回家之後檢查拍攝的影片，發現跟在他們身後有這樣一個穿著紅色衣服的女孩，但全家人沒一個有印象，後來這些在影片中的人都一一遭遇不幸。」

眼看阿德阿嬤仍然毫無反應，姜老師不疾不徐翻著書頁道：「這種魔神仔長得像猴子，身材如小孩般矮小，皮膚覆蓋毛髮，眼睛鮮紅。阿嬤，您看到的是這樣的魔神仔嗎？」

阿德阿嬤呆望著姜老師，嘴唇緊閉，不發一語。

「最後是八寶公主，在墾丁，一位據說一百多年前被當時的原住民殺害的外國公主，託夢請當地居民協助蓋廟祭祀，二零零八年卻帶走一位老婦上山，甚至傳出謠言，那年會死十個人，後來也確實陸續有人死亡。傳聞八寶公主有一頭紅髮，身高很高，手指爪子尖長，牙齒銳利，眼睛發紅，您看到的是這個魔神仔嗎？」

阿德阿嬤看著書上的圖片好一會兒，猛地說：「這才毋是八寶公主，阿德有給我看，伊書上的才是八寶公主。」

「阿嬤，您是什麼意思？」姜老師語氣有些急促地問：「什麼意思？您見過真正的八寶公主嗎？」

阿德阿嬤卻又不講話了，只是不斷重複道：「這才毋是八寶公主。」

姜老師失望地闔上書頁，與劉媽媽一同離開病房，她們坐在走廊的椅子上，各懷心事。

「姜老師。」良久，劉媽媽開口：「假如阿德阿嬤是看見小……小的魔神仔牽孩子們上山，那就不是八寶公主作祟了。」

「我也這麼想。」

兩人之間維持著僵硬的沉默，劉媽媽再也忍不住心中的悲痛，晶瑩的淚水從倔強美麗的雙目中靜靜淌落，姜老師側著頭對劉媽媽說：「你還是相信這些東西的。」

「你怎麼知道？」

「因爲你把你的女兒取名叫『芊祐』，成千上萬的保祐，不知道我這樣理解對不對？」

劉媽媽聽了破涕爲笑：「沒有到成千上萬啦，只要有一千個神佛護祐這孩子，我就安心了。」

「那是爲什麼……」

「我跟我前夫以前是很篤信神佛的，因爲想懷孕，我發瘋似地拜了一大堆神明。後來有了小芊，我還是很喜歡去廟啊、祭典啊，我很喜歡那種熱鬧的場面，有一回我第一次帶小芊去看賽神豬，你知道賽神豬嗎？就是以前用來祭拜山神的一種儀式。沒想到她看到豬的身體被拉得那麼長，整個身體被撐得那麼大，她居然嚇哭了，回家之後好幾天都在做惡夢，甚至說她恨我，問我爲什麼喜歡看可憐的豬被那樣欺負。」

劉媽媽吸了吸鼻子：「孩子都是很純眞的，他們用跟我們不同的角度，看見我們看不見的東西。我後來就覺得……是啊！爲什麼要爲了一場祭典，就把豬灌食成那樣肥胖的樣子，看起來那樣異常。我或許這樣說不對……也許這背後是有一些意義的，譬如說在以前，可能只是盡量讓豬吃飽長肥，但不會像現代這樣一天到晚都在灌食……總而言之，是小芊讓我看清楚自己的愚蠢，我後來就再也不相信什麼神啊鬼的。」

姜老師安靜地聆聽，隨後柔聲道：「相信一樣不存在的東西存在，需要很大的勇氣，但要理解一樣自己過去相信的東西，其實從來不存在，那需要更大的勇氣。劉媽媽，我想您的女兒一定還好好地在等你，因爲她相信自己的母親。」

劉媽媽點點頭，嘴角顫抖。

「相信」這件事，具有如此強大的力量。姜老師思索著：「相信」會讓一群人經年累月的，把豬灌得又胖又大。「相信」會讓一個女人，瘋狂地求神問佛，只爲了擁有一個孩子。「相信」會使原本不存在的事情，變爲存在。

將原本不存在的事情變爲存在。

姜老師突然靈光一閃，移開膝上所有從圖書館找來的書籍，打開背包，從中取出幾天前上美術課時用到的美術課本。

她翻了幾頁，視線停留在林布蘭的畫作《夜巡》。

第九章 最恐怖的經歷

光影跳躍的山洞中，達央緩緩地說：「我七歲的時候，有一天我爸爸很早就把我叫醒，我一起床就看見他穿著傳統的服飾，腰配獵刀，準備要上山打獵了。他笑笑地看著我，對我說：『達央！你已經長大了，你要不要跟我一起去山上看飛鼠呢？』

「我說好，我們就一起上山，還帶著興奮的花豹。

「雖然爸爸一開始很開心、很期待，但當一隻山雀飛過，爸爸卻皺起了眉頭，說這是不好的預兆。我跟爸爸說這是我第一次上山，想再走一下，爸爸就說好。

「那天我們看見了很多動物，有攀木蜥蜴、藍腹鷴、山羌還有山豬，爸爸都沒有抓他們，只是悄悄地向我指出牠們的所在地。到了黃昏的時候，我看見一隻猴子很快地從我身後跑過去，我轉頭卻什麼也沒看到。那時我以爲爸爸在我旁邊，但當我回頭的時候，我發現不知道爲什麼，他已經背對著我往山上更深的地方前進。

「我跟爸爸說：『等我一下，爸爸，已經黃昏了，我們不是要下山了嗎』，可是他不理我，只是一直走一直走，我只好很努力地試著跟上去。很奇怪的是，不管我怎麼盡全力的跑啊走啊，都追不上爸爸，爸爸一直保持在離我大概十公尺的距離，讓我感覺只要稍微停下來，他就會立刻消失不見……」

「你爸怎麼這麼壞啊？」多多忍不住打斷達央，立刻被小芊拍了一下腦袋。

「你不要打斷好不好？」

「可是達央他爸爸眞的會故意讓他迷路啊！」多多摸著頭委屈地說。

達央微笑了，是的，在那之後他們每一次上山，他的爸爸幾乎都會玩失蹤幾分鐘的遊戲，一開始達央很害怕，但時候久了，他知道爸爸並不是眞的消失，而是躲藏在樹林中守護著他，看他有沒有記得教給他辨別方向的知識。

「嗯，那是我跟爸爸第一次上山，但我跟著的那個像爸爸的人影，其實不是爸爸。」達央在眾人驚訝的目光下繼續說：「我走了好久好久，久到覺得奇怪，怎麼還是黃昏的天色，那個走在前面的爸爸，也依然體力很好，用愈來愈快的速度上上下下在山壁上走。我愈走愈覺得，那不像是人走路的樣子，當我這麼想的時候，我覺得我一直追逐著的爸爸背影，看起來非常像猴子，我很害怕，非常害怕，我再也不想繼續走了，但我居然沒辦法停下腳步，只能繼續走下去。就在這時，我聽見爸爸開槍的聲音，他上山時帶著獵槍，我聽見很大一聲『碰』，說也奇怪，我雙腿一軟，就這樣跌倒在地，然後爸爸就提著我後面的衣領，把我從地上拉了起來。」

「你爸眞的開槍啊？好帥！」多多又插嘴。

「他其實不是開槍，只是點了一根沖天炮。」達央有點懷念地說：「但我以爲是槍聲，然後我就醒了。我看著爸爸的臉哭個不停，爸爸說沒關係，因爲我是第一次上山，所以山上的一些『東西』會想跟我玩，只要以後多認識山一點，就會沒事了，會變得跟他一樣厲害。」

「就這樣？」阿德狐疑地問，語氣中有一絲失望：「這就是你經歷過最可怕的事情？」

「是啊，我直到現在還是有點怕呢。」達央不知不覺挺了挺胸膛，其他人變得安靜，各自咀嚼即將說出來的故事，幾分鐘過去，小芊舉起顫抖的手。

「換我好了。」小芊看著男孩們的目光聚集到自己身上，有點羞赧地垂下頭：「我覺得這可能是我出生以來的第一個記憶，因爲太可怕了。我一直記得，那是在我還很小的時候，我爸爸媽媽帶我去參加一個叫做『賽神豬』的活動，我也不曉得那算不算一個祭典，只知道有很多人，很好玩，還有好多吃的。我媽牽著我到處逛，我嘴裡都是糖葫蘆，走著走著，不知道爲什麼突然覺得好像有人在看我，我抬頭一看，發現我被卡車一樣大的豬圍繞著……」

「卡車一樣大的豬？」多多說。

「你會不會太誇張了？」阿德接話，兩人默契又討人厭地互相擊了下掌。

「喔，你們閉嘴啦。」小芊翻了翻白眼：「你們不懂才會覺得誇張，你可以想像一隻豬整年無時無刻嘴裡塞著餵食管不斷被灌食嗎？就這樣灌了一整年，牠的身體變成超級大！我是說真的，超．級．大！那些豬不僅被餵得那麼大，牠們的皮還被撐開，撐得鼓鼓的像氣球一樣，死掉的豬皮膚很蒼白，豬的頭在巨大的身體中央，變得好小好小，那時我覺得豬的表情看起來很悲哀。媽媽跟我說那是一些人的傳統文化，但我就覺得好殘忍，那些豬好怪，好醜陋，我覺得巨大的豬很像一點一點在朝我們這些開心聊天的人類靠近，但沒有人發現，我們馬上就要被淹沒、被巨大的豬肉擠壓死掉，可是所有大人都還在聊天講話，他們完全不知道這些豬有多可怕，這是我最恐怖的經歷……講……完了。」

「我的天啊，小芊，你真的很不會講故事耶。」多多受不了地大喊：

「這是我聽過最不恐怖的鬼故事了！」

「我又沒有在說鬼故事。」小芊朝他吐了吐舌頭：「剛剛阿德是說要講自己經歷過最恐怖的事，這就是我經歷過最恐怖的事啊，我有時候還會做惡夢呢！」

「我覺得一點也不可怕。」多多嘲弄她。

「你這麼厲害，你來講好啦。」小芊不高興地說。

「我不要，我討厭講這種東西。」

「你不講就表示……你比小芊還要弱。」阿德奸詐地在一旁幫腔。

「你少在那邊亂。」多多的表情突然嚴肅了起來：「我的故事比你們每一個人的故事都更可怕，我只是不想嚇哭你們。」

「最好是。」阿德繼續討人厭地笑著：「你根本沒有東西好講，不然就是太膽小所以不敢講。」

多多氣極了，他站起身怒視阿德：「你才膽小咧，你才沒東西好講！告訴你，我的故事簡直威了，仔細聽……史上最雞皮疙瘩掉滿地的超恐怖猛鬼經驗——」多多一面怒吼，一面故意將臉靠在愈變愈小的火光前，製造陰森的氣氛：「我從來沒有跟任何人講過……」多多突然猶豫了一下：「我其實也不知道是不是眞的，不曉得有沒有眞的發生……我記得在剛上小學的時候，有一天我因爲肚子痛的關係沒去學校，我爸媽不能把我一個人留在家裡，乾脆帶我去果園工作。那時是夏天，天氣很熱，我不想跟爸媽在果園裡曬太陽，就躺在有電扇的工寮休息，我昏昏沉沉的睡著了。起來的時候，天已經黑了，爸媽還沒回來，我走出去找他們，在黑漆漆的香蕉園裡，我一面走一面叫喊，可是都沒有看見半個人影。我也突然發現我們家果園好大，香蕉樹的花在黑暗中看起來像是深紫紅色，不知道爲什麼讓我聯想到懸在半空的人頭。」

「你一定要講什麼飄在空中的人頭嗎？」小芊抱著發抖的身體抗議。

「不要打斷我啦！你很沒禮貌欸。」多多瞪了她一眼，繼續道：「我走到後來就迷路了，覺得自己被香蕉樹環繞，那片香蕉樹海好大……好陰森……我後來……」

「就尿褲子了。」達央淡淡的幫他接下去。

「什麼?我才沒有!」多多驚叫:「達央!你怎麼可以出賣我!」

「你跟我說過這個故事幾百次了,剛開始你都會提到你尿褲子,後來就不怎麼提,我只是覺得要讓大家知道最原始的版本。」

「我沒有尿褲子好嗎?」面對小芊掩嘴竊笑,阿德也擠眉弄眼的做怪表情,多多故作滿不在乎的甩甩頭髮:「那是在香蕉園裡耶,我想尿尿的話脫了褲子就可以尿啦!」

「這麼說也是。」小芊勉強同意,但仍止不住臉上的笑容。

「你們很煩,達央!我以後再也不跟你說祕密了!你們到底要不要聽啦,好啦!我尿褲子了行嗎?我都迷路了,又找不到爸爸媽媽,當然會尿褲子啊,就在我尿褲子的時候,我看見不遠處出現了人影,那時候我已經怕得顧不得別的,只能趕緊跑過去,想抓住隨便哪個大人。」說到這裡,多多深吸了一口氣:「可是,當我愈靠近那黑黑的人影,我就愈覺得奇怪,那人影好像故意在等我。我距離人影只有幾步的時候,我停了下來,印象很深刻，當時有一陣寒冷的風從我身後吹過，我發現那是一個細長高聳的男人身影。風吹過的時候，那道人影也輕輕地飄，它不是我爸，也不是我媽，我聽見它對我笑，發出『嘿嘿嘿嘿嘿嘿嘿』的聲音……」

「你講完囉？」小芊鄙夷的看著突然臉色蒼白的多多，原本想再開口多酸他幾句，卻被達央制止。

「多多，把故事說完。」達央輕聲道：「這是你經歷過的事情，你要把它說出來。」

多多努力點了點頭，額頭卻在冒冷汗，最後他說了：「我爸媽後來找到我，發現我暈過去，然後……然後……原來是有一個流浪漢，在我們家果園裡上吊自殺。」

空氣一片死寂。

「我後來發現，其實我認識這個流浪漢。我幼稚園的時候，有一次在路上看見他的破爛腳踏車，因爲好玩的關係，我把他的腳踏車推倒……那是我第一次看見原本活生生的人死掉。我爸媽黃昏時就有發現他的屍體，所以趕緊去報警，卻沒想到我自己一個人跑出來，在園子裡迷路，他們認爲我可能有被嚇到，之後就帶我去給憨廟公收驚……啊啊！可惡！我才不害怕呢！我已經不害怕了！都是阿德啦，爲什麼一定要我們講什麼最恐怖的經歷，現在換你說啊！」

多多、達央與小芊這下子都專心地看著阿德，本來以爲這壞孩子會被嚇得退縮，沒想到他卻笑了起來，還點點頭說：「那就換我，我要講的是兩棵樹的故事。」

「兩棵樹？」

「這個故事對你們來說或許很簡單，對我來說卻很複雜。在我們身處的這座山上，曾經有百歲年紀的老牛樟林，你們知道牛樟樹嗎？」

「知道，我媽辦公室有擺牛樟木頭雕刻成的工藝品，這種木頭聞起來會香香的喔。」小芊說。

「牛樟木頭雕刻成的工藝品……」阿德眼中閃過鮮紅的光芒，但不一會兒他便收斂神情，繼續笑嘻嘻地說話：「很久很久以前，在這座山上有兩棵牛樟木。它們從有意識以來就一直比鄰生長，其中一株牛樟木比較大，另一株牛樟木比較小，兩株牛樟木漸漸長高之後，一些黑皮膚的人路過，他們說大牛樟木長得就像雄壯威武的哥哥，而小牛樟木的軀幹線條柔美，就像可愛溫柔的妹妹……」阿德頓了一下，好一會兒才緩緩道：「大牛樟木跟小牛樟木一起接受山風的吹撫、曙光的照耀，還與藍腹鷴、山豬等等的動物成爲好朋友，兩株牛樟木長得愈來愈好，也愈來愈高大。就這樣，它們一起生活超過了一百年的時間。大牛樟木非常喜歡小牛樟木，它們是像兄妹一樣長在一起的樹木……」阿德說到著突然停了下來，呆呆地望著遠方。

「然後呢？」達央小聲問。

「然後，有一天，有一群人到山上來，看見小牛樟木這麼漂亮，他們就拿鏈鋸把它砍倒了，還切割成一小塊一小塊，拿去山底下賣。」阿德愈說愈快，音量也愈來愈大，整張臉看起來十分猙獰，那張猙獰的臉最後直直對著小芊：「賣給其他人類，雕刻成可以擺在家裡的工藝品！」

小芊不安地看著阿德，濕潤的眼睛卻沒有逃開，她吸了吸鼻子，滿是同情的說：「我覺得一點也不可怕……而且，樹很可憐。」

阿德冷冷的環視其他人，達央附和道：「是啊，都是人類的錯。我爸爸說，最近山上一直砍伐，動物都到處亂跑，生態被改變了，以後人類會嚐到後果。」

阿德皺起眉頭，像是搞不清楚爲什麼他們會是這種反應，他揮揮手說：「算了，我不是要講這個故事，我要重講一個。」

「欸！你這樣是作弊！」多多大叫。

「我沒有，多多，你不是想要我講最恐怖的鬼故事嗎？我現在眞的要說很恐怖的給你聽，你不想聽嗎？」

「如果眞的很恐怖我才要聽。」多多賭氣的說。

阿德再度微笑了：「我保證會很恐怖……很久以前，有一個姓詹的小孩，他很喜歡研究爬蟲類。有一次，他聽說山上有很多斯文豪氏攀木蜥蜴，他就一個人跑到山上去找，可是他在黃昏的時候迷路了。他的爸爸媽媽感情不好，爸爸是酒鬼愛賭博，媽媽離家出走。這個小孩迷路了好幾天，都沒有人來找他，他爸爸醉得不省人事，這個小孩後來就活活餓死了，他的屍體留在山上，從來沒有人找到，也因爲沒有人祭拜，加上他還是小孩子，還沒有機會信仰什麼神靈。他死了以後，也沒有哪個神要來帶他走，詹小孩就變成詹小鬼，一直留在山上，一直哭，一直哭……」

小芊抱著肩膀，顫抖得相當劇烈，多多與達央緊靠彼此，一語不發。

「然後呢？」達央鼓起勇氣問。

「這個詹小鬼死掉的時候，才剛上小學，所以他後來常常跑下山到最近的國小，參加他們的開學典禮，跟一年級的同學做朋友，但因爲這些同學會發現詹小鬼完全不會跟著長大，所以一年級結束後，詹小鬼就會離開學校一段時間，直到他的朋友完全把他忘記。」

小芊、達央與多多面面相覷。

「這個詹小鬼之後卻愈來愈貪心，有一天他眞的在學校交到了很棒的三個朋友，班上甚至還有一個陰陽眼的老師，默許他常常到學校上課的行爲，於是詹小鬼就這樣一路跟著升上五年級，他們的活人朋友居然都沒發現詹小鬼一直都那麼瘦小，從來就沒有長大。到後來呢，八寶公主就生氣了，祂是這個地方最壞的鬼，祂受不了詹小鬼這個樣子，於是就下山來把詹小鬼抓回去，這個詹小鬼在被抓回去的前一天，還跟他的朋友們約定要一起去祕密基地玩。」

阿德說完這個故事，得意揚揚的凝視面前三個孩子，希望看到他們嚇得屁滾尿流的反應，然而多多與達央看起來卻沒有特別害怕的模樣。相反的，他們認眞的面孔上充滿堅決，就連最膽小的小芊也直挺挺地迎接他的視線。

阿德發現，這三個小孩並不是不害怕，他們緊抓著彼此的手都在發抖，但他們依然認眞的聆聽著從他阿德口中說出的話語。

「阿德，你輸了。」多多一字一句的說。

「什麼？爲什麼？」

「你說要講自己經歷過最可怕的事。」多多興奮地答：「但你剛剛講的是『故事』，是你編來嚇我們的，對不對啊？」

阿德沉默了一會兒，那如今已成爲他的朋友的三個孩子熱烈地看著他，實在由不得他說不，阿德心中第一次出現了一種奇怪且柔軟的感覺。

「是啦是啦，我騙你們的，算我輸了！」阿德說完就躺了下來，任由多多又吼又叫的亂跳，小芊與達央到最後被煩到無可奈何，硬把多多按在地上，逼他睡覺。

四個孩子躺在洞穴中，看著火光愈來愈微弱，光與影在洞穴的頂端不斷晃動，看起來出乎意料的讓人安心。

「肚子好餓喔。」小芊說。

「嗯，但我覺得好開心喔。」多多說。

「阿德，你會冷嗎？要不要靠過來一點？」達央問。

「不要。」阿德直截了當的拒絕，幾分鐘後卻又悄悄靠近其他人。隨著時間過去，火焰熄滅了，孩子們在睡夢中翻來滾去，枕著彼此的手腳。

第十章　魔神仔樂園

姜老師記得自己看過一個金色頭髮的小女孩。

但不是在美術課本上，而是某個下課時間。儘管如此，姜老師後來都極力說服自己是午睡時夢見的，雖然她心裡知道那不是一個夢。

當時姜老師一回神就發現下課鐘響，學生們都跑出教室玩耍了，只剩下幾個文靜的孩子在讀繪本、玩玩具。她轉身擦黑板，一會兒後，一名孩子幫忙自己從另一頭擦起。

姜老師正想說謝謝，抬眼一看卻發現幫自己擦黑板的是個從未見過的金髮小女孩。女孩的金色頭髮又長又捲，面孔卻很平淡，幾乎難以被記憶，她看著姜老師好一會兒，以姐姐的口吻說：「有一個叫做小白的孩子，他乖嗎？」

姜老師立刻就知道女孩指的是誰，那個小孩子的鬼魂，這個女孩大概也是它的同伴吧。

知道對方的來歷以後，姜老師轉換到對家長的姿態，和氣地回答：「它很乖啊，總是靜靜地不說話，除了有緣份的幾個孩子以外，不會隨便跟他人接觸，也不惡作劇，是個很棒的孩子。我十分歡迎它繼續過來聽課。」

「謝謝。」

女孩說完便消失不見了。

那天放學後，姜老師來到土地公廟擲筊，詢問土地公自己讓死去的孩子魂魄到學校上課，是不是一件正確的事。

憨廟公在一旁以純真的目光觀看姜老師的動作，看她擲了好幾次都是笑筊，憨廟公嗓音低沉地說：「沒要緊啦，是因爲有緣，才給那幾個孩子看到。」

「是嗎？」姜老師問：「所以我可以不去干涉？」她再度擲筊，得到聖筊。

「八寶公主也很歡喜。」憨廟公說。

「八寶公主？祂也在這裡嗎？」

「不是，祂在海邊的萬應公祠。」憨廟公一手抓著屁股，一手指向海邊的方向：「你下次去看祂，祂會足歡喜。」

＊＊＊

孩子們已經失蹤一星期，這段時間姜老師與劉媽媽依然與搜救隊保持聯繫，也試著將傳單發送到較遠的地方。劉媽媽和陳媽媽輪流照料甦醒的阿德阿嬤，姜老師偶爾拜訪，大多時候在圖書館收集資料；陳媽媽除了照顧阿德阿嬤的時間以外，則與陳爸爸一同隨憨廟公在淺山區放鞭炮作法。

姜老師已經將美術課本上的《夜巡》畫作給阿德阿嬤看過，阿德阿嬤伸出手指指向畫作角落的金髮女孩時，姜老師便知道了。

她正要離開病房，卻聽見阿德阿嬤說：「如果是詹皓，那我多對不起伊……」

「阿嬤，您哪來的話……」

「伊很寂寞、很寂寞，但我只是會分一點點心給伊。他要去山上抓石龍子的時陣，問了我要不要同伊一起去，我卻怕被罵，拒絕了伊。」阿德阿嬤靜靜地說：「後來，我再也沒有見過小白。」

「阿嬤……」姜老師想說些什麼，阿德阿嬤卻已閉上眼，發出輕微的鼾聲。

姜老師走出病房時發現陳媽媽也在，與劉媽媽坐在外頭的椅子上，像是在哭泣。劉媽媽這天狀況特別不好，看上去幾乎已經放棄了希望，她眼中含淚，露出不顧一切的神情乞求姜老師：「老師你不是有陰陽眼嗎？可不可以幫我連絡各路好兄弟，找找小芊他們，或者乾脆連絡八寶公主，請祂不要傷害我家孩子？」

「不是這樣的，有時候沒有緣分，我也看不到。」姜老師解釋著，最後終於嘆了口氣，決定將自己目前所知的一切和盤托出。

「劉媽媽，雖然您現在已經相信了八寶公主或是其他鬼神是存在的，但依照我目前收集到的資料，小芊、多多、達央和阿德都不是八寶公主牽上山的。阿德阿嬤說是鬼囝仔，我本來以爲是一個叫做詹皓的死去孩子，可是後來我覺得不太像……」

「詹皓是你上次照片中的孩子？五十年前失蹤的小孩？」劉媽媽惶惶地問。

「是的，詹皓也是多多他們在找的小白，那個不存在的同學……我很抱歉對你們隱瞞這件事。我一直都知道詹皓是鬼魂，但因爲它只是孩子，看起來總是很寂寞，我怕它沉淪爲惡鬼，所以放任它來上學，沒想到多多、達央與小芊跟詹皓居然有緣，可以見到它。至於阿德，是因爲詹皓曾經跟阿德阿嬤當過同學，而阿德阿嬤似乎是詹皓死前見到的最後一個人，所以他們之間會有牽絆，這牽絆也流傳到阿德身上，讓阿德也看得見詹皓。」

姜老師說了很多，劉媽媽卻像是沒聽見似的，只不斷在姜老師坦白時重複著：「你說你早就知道？你說你早就知道有鬼？你早就知道你還讓它到學校？」

「我有跟土地公問過了。劉媽媽，詹皓是個好孩子，不可能害無辜的人。你可以設身處地想想，這個孩子很小的時候就死了，死後整整五十年依然在山上徘徊，換作是你的小孩，你忍心嗎？」

「一個死掉的小孩，干我什麼事啊？」劉媽媽倏地站起身，指著姜老師破口大罵：「一個鬼！你讓一個鬼到學校！」

「我們的生活裡充滿了鬼。」姜老師依然保持坐姿，語氣平靜：「當我們至親的人死後，他們就成為飄盪於空氣中的存在，在任何地方，也不在任何地方。你活著的時候呼吸著他們，你死去的時後吐出他們，劉媽媽，你不懂嗎？我們活在一個充滿鬼的世界，只是你看不見，你怎麼會把一個死去的孩子想得那麼可怕。我不想說讓你難過的話，但假如……小芊死後成了鬼，你會害怕她嗎？」

姜老師的話語溫柔而殘忍，就這樣擊碎了劉媽媽的心，她跌坐下來，掩面哭泣。

「劉媽媽……」陳媽媽伸出手輕拍劉媽媽顫抖的背

「為、為什麼要這樣說……我不想……小芊她……」

「她不會有事的，跟我家多多在一起，會很安全的。」

「你不能這樣說小芊，你不能說她變成鬼怎樣怎樣，你知道嗎？你不能這樣說！我想要這個孩子想要很久了……」劉媽媽哭泣著說：「我的身體……我的身體不行……你知道嗎？我的身體一直很差，為了小芊，我打了很多針，還做試管嬰兒，小芊……小芊是我好不容易才有的小孩……是我唯一的孩子啊！」

「她不會有事的。」陳媽媽堅定地說。

看著劉媽媽徹底崩潰的背影，這名原本剽悍又精明的女人現在看上去就只是個脆弱的母親，就跟陳媽媽自己一樣，她轉頭向姜老師投去責備的目光，但姜老師並沒有看她，反而專注地喃喃自語。

「我很確定不是詹皓牽孩子們上山的，也不是八寶公主。阿德阿嬤沒有給我更多線索，但有一件事不會改變……就是多多、達央、小芊與阿德上山的原因，他們要去找小白。一個孩子下定決心的事情，擁有強大的力量，就更別提是四個孩子，他們之間又擁有強烈的牽絆，會上山尋找一個死去的孩子不是意外，而是注定。假如小白眞的指引他們找到五十年前失蹤的自己，那我們或許有可能藉由找到五十年前的小白屍骨，找到失蹤的孩子們。」姜老師緊握著手說道：「詹皓一直無法長久離開山上的原因，我想就是這個。他的身體留在那裡，他的家人沒有去找他，沒有人祭拜他。」

「那要怎麼樣才可以找到……」

「我們跟潘先生連絡吧。」姜老師說：「他目前跟搜救隊的人一起走，這些事情會選擇在最近發生，一定有原因，我們必須從最近發生的變故開始著手。」

* * *

一陣帶著樹木香味的風輕輕吹過洞穴，小芊打了個噴嚏，揉著眼睛從地上爬起來。

這裡是哪裡呀？她一面昏昏沉沉地想，一面轉頭望向地上睡成一片的男孩子們，忍不住噗哧一聲笑了出來。

「你幹嘛啊，吵什麼吵。」這下子多多也醒了，一臉不高興地看著小芊。

達央被起床的多多用手肘不小心撞了一下臉，帶著瘀青無奈地慢慢爬起來。

「阿德呢？」達央警醒地望著其他人問。

「不知道，我起床的時候就沒看到他了。」小芊說。

「你們這些懶豬！快點過來！」阿德遠遠的聲音從洞穴另一頭傳來，小芊、多多與達央立刻跑了過去。

映入孩子們眼簾的是洞穴的出口，早晨無比耀眼的陽光，光線熱烈地幾乎讓人腦袋昏沉，像是整座天空都在發光。小芊、多多與達央眨著眼好一會兒才完全適應光線，接著，他們看見了從未見過的美麗畫面。

他們似乎身處在一處山谷，有閃閃發亮的溪水與青翠的草地，蝴蝶與蜻蜓飛舞，不知名的花朵盛開，空氣中瀰漫著神祕的清香。而阿德就站在潺潺的溪水旁，赤著腳朝他們招手：「你們快看，這裡有炸雞耶！小芊，你不是很餓嗎？快點吃吧！」

怎麼可能呢？小芊懷疑地走向阿德，居然看見那條溪水上彈跳著又香又酥的炸雞翅、炸雞腿，小芊與達央交換錯愕的眼神，張開嘴想說些什麼，但夏天的陽光如此毒辣，曬得他們兩眼昏沉。小芊從阿德手中接過溪水旁長出的幾根薯條，小心地捏了一根薯條起來品嘗，天啊，就像現炸的一樣，外酥內軟，好好吃喔。小芊沒辦法停下來，只能拚命地把食物往嘴裡塞。

達央依然充滿疑慮，他想警告多多，一回神卻發現多多早就衝上前去，什麼也不管地大吃特吃起來。

這座山谷的花草樹木，當你不去注意、也不去細看時，只是普通的植物，可一旦接近，會發現普通的植物與石頭、枯枝，都變成了從未見過的美食，這不可思議的畫面似乎反映著他們餓到極點的心情。儘管達央也很餓，但他什麼都沒吃，只是拿著巧克力做成的石頭，在流淌汽水的溪流上丟出幾個水漂。

阿德生氣地瞪著達央：「喂，達央，你不餓嗎？怎麼不吃呢？」

「我覺得這裡很奇怪。」達央額頭冒著汗，很困難地說：「風景很漂亮，但在水裡飛的炸雞……好奇怪。」而且達央老是覺得，好像有人在偷偷觀察他們。

「既然炸雞都在眼前了，當然就可以吃啊。」阿德沒好氣地說，做了一個奇怪的手勢，山谷間的陽光彷彿更亮了，達央痛苦地閉上眼睛。

「我不想吃。」

「你快點吃。」說著，阿德還採了一朵甜甜圈花，硬塞進達央嘴裡，達央機械式地咬了幾口，接著便大口大口吞食。

阿德滿意地看著他們吞吃著食物，輕輕說：歡迎來到鬼樂園。

距離孩子們數里之外的山壁上，一雙雙好奇的目光悄悄凝視他們，還有圍繞著山谷的樹林中，各種模樣的山精鬼魅偷看這四個孩子，紛紛舔起了嘴唇與牙齒。它們的力量都還不強，還無法獨自離開這座名爲鬼樂園的山谷，但這眞是第一次呀，八寶公主不在，有人類的小孩跑來，人類的孩子看起來皮薄肉多，又白又嫩⋯⋯一陣陰風吹過，無數魑魅魍魎藉著山谷的陰影「咻咻」地飛竄，距離孩子們更近了。

多多、達央與小芊卻絲毫沒有發現，此刻他們都在樂園裡玩了起來，吃著汽水溪裡的炸雞，喝漂浮在天空中的可樂氣泡，採擷甜甜圈花當王冠，還將棉花糖做成雲朵。他們簡直玩瘋了，壓根不知道⋯⋯等陽光消失的時候，黃昏降臨，他們會永遠留在這裡。

阿德跟著這些新朋友一起玩耍，他想不到原來擁有朋友是一件這麼快樂的事情。

小白啊小白，難怪你那麼需要朋友，可是現在你的朋友都是我的了，他們到這邊甚至都忘記要去找你。阿德心想，同時衝到山谷中最大的牛樟樹前，對他的朋友們說：「現在來玩躲貓貓吧！」

他的朋友們每個都說好，點頭如搗蒜，好乖好乖呢，真是最好的朋友了！

「那我先當鬼。」阿德說：「你們快去躲起來吧，被我找到的話，會被吃掉喔。」

阿德興高采烈地準備趴在樹幹上倒數，卻突然驚愕地看著前面的陰影中，有一個倒在地上的小孩身影。

「是小白嗎？」彷彿迷眩的幻夢被打破，小芊率先跑上前去，多多與達央緊跟在後，他們靠近躺臥地上的孩子，卻發現那不是小白，而是一個有著一頭金髮的小女孩。

小芊張大雙眼，覺得這個小女孩很熟悉，但又說不出在哪裡看過她。

小女孩看上去比他們任何一個孩子都要幼小，一頭金色的長髮非常顯眼，不過比起多多、達央與阿德，小芊在都市讀書時就有過一兩個混血的外國同學，因此並不感到新奇，只是擔心的讓小女孩將頭枕在自己腿上，一面輕輕搖晃她，試圖將她喚醒。

「怎麼會有人在這裡……」多多十分困惑地問。

「是不是山下又有人失蹤？」達央說。

「可是我從來沒有在鎮上看過她耶，是不是住在山上的人？」

「山上哪會住這種小孩，看起來這麼……這麼漂亮。」小芊摸著

女孩金燦的頭髮，著迷般地說。

「我們不要理她啦，不是要趕快去找小白嗎？」阿德看上去意外的驚慌害怕：「把她丟這邊不要管啦。」

「怎麼可以不管她，她醒不過來欸，說不定是中暑了。」小芊強烈反對，同時從包包內拿出水壺，小心地將一點點水沾到女孩嘴唇上。

女孩睫毛輕顫，似乎即將甦醒，這時小芊、多多與達央只顧著照料小女孩，沒有發現牛樟樹的影子愈來愈大。山谷出現陰影，太陽要下山了，已經是黃昏時刻，直到氣溫降低，達央陡然抬頭，看見蔓延整片天空的牛樟樹枝葉，夕陽的顏色將天空染紅，牛樟樹枝葉的間隙看起來像是數千隻紅色的眼睛。

「這是一棵百年牛樟喔。」阿德在他們身後說道。

達央與多多不約而同站在小芊與女孩前方，以身體保護著女生們。

「阿德，你怎麼了？」多多充滿戒心地問道：「你的眼睛怎麼變那麼紅？」

「因爲我很難過……」阿德做出揉眼睛的表情，但在其他孩子眼中，阿德的臉孔看起來扭曲得已完全不像阿德：「你們沒有發現我根本就不是那個什麼阿德嗎？」

「那你是誰？」達央小心地問。

「我就是故事裡的大牛樟樹。」阿德說完，整座山谷消失在無垠的黑暗中。

伸手不見五指的黑暗裡，四個孩子被分散了，但他們都在最後看見了黃昏的天空變暗前，所有巨大的魔神仔、妖怪、山精鬼魅從山的另一頭飛回巢穴的景色。

「多多！達央！」小芊邊哭邊喊，她懷中昏迷的小女孩已不見蹤影，而她摸索著不著邊際的前方，竟摸到一堵厚厚的牆，那道牆帶著臭味，摸起來軟軟的，小芊想著：不要……不要……不會吧……

但那確實是豬皮摸起來的觸感，她確實被無數巨大的豬壓在中間，正在漸漸地被壓扁，小芊身處在自己的噩夢裡，她又哭又叫，喊著爸爸媽媽，最後則不停喊著媽媽，但沒有任何人來救她。

多多在種滿香蕉的果園裡奔跑，每一朵紫紅色的香蕉花都是一個上吊自殺的男人，多多無論如何也逃不出可怕的景象，他最終停下腳步，在「嘿嘿嘿嘿」的笑聲中大哭。

達央很冷靜，他經歷過相同的噩夢許多次了，爸爸詭譎的背影在前方快步疾走，他必須要跟上去才行，達央逼迫自己不要恐懼，甚至放慢腳步，不去擔心假如跟不上該怎麼辦，真正的爸爸一直就在身後等著自己。他聽見爸爸的腳步聲從身後傳來，達央想回頭，可是假如身後的不是爸爸，那該怎麼辦呢？

『你還只是一個小孩子，你沒有做錯事，你還很純真，不需要感到害怕。』達央想起爸爸說。

「你還只是一個小孩子，沒有做錯事，無辜的樣子看起來非常可口呢。」爸爸的聲音真的從身後傳來，卻像是從收音機裡播出來的一樣，還帶著奇怪的笑聲：「不要回頭喔，達央，千萬不要回頭。」

達央感到害怕了，他悄悄、偷偷地回頭，沒有看見爸爸，卻看見紅色眼睛的猴子，表情猙獰地朝他笑著。

阿德在黑暗中獨自一人，他不懂自己怎麼會跑來這裡，他上一秒還在家裡，因爲半夜想尿尿的關係點了根蠟燭去廁所，然後、然後……有個光頭的小孩在鏡子裡對他笑。

對啊！那個小孩現在去哪裡了呢？

還有阿嬤，阿嬤在哪裡？他又在什麼地方？這裡很冷，充滿古怪的聲音，阿德從來沒有這種恐怖的感受。

阿德眨了眨眼，隨時間過去眼睛逐漸適應了黑暗，他發現自己站在一棵巨大的牛樟樹下，牛樟木散發冷冷的清香，阿德小心地站在原地，一動也不動，他總覺得自己聽到有人在吵架。

「所以你把小白關起來，又把他的朋友帶到這裡，你把我們的祕密曝露給人類知道。」一個小女孩清脆的嗓音說。

「他們反正也不會到處去講，其他魔神仔會把他們吃掉。」樹葉般沙沙作響的聲音說。

「你以為我會允許這樣嗎？你以為一直牽走那個老阿嬤，就會讓我疲於奔命，沒辦法回來？」小女孩說著。黑暗中，阿德可以看見她愈發燦亮的金髮。

「我已經比你強大了。」樹葉般的聲音說：「而且你也累壞了，要不要再多睡一會兒呀？」

「我們走著瞧。」小女孩在一瞬間憑空消失，留下回音般的語句：「看是你的法力強還是我強。」

阿德想要將身子蹲低一些，好隱藏住自己，但他的喉嚨突然像被掐住一般，那個光頭小男生站在他面前，以樹葉摩擦似的沙沙嗓音說：「差點忘了還有你。」接著阿德便失去了意識。

小芊抱緊身體，蹲在地上啜泣，她想抓住些什麼，好讓自己平靜一些，但她身邊什麼也沒有。在她眼前，巨大的豬表情空洞，像是無聲地質問她爲什麼如此殘忍，同時一步一步朝她逼近。

「不是我的錯。」小芊低聲說。

「不是你的錯。」一個女孩子的聲音說：「你爲什麼這麼害怕呢？」黑暗裡走來金色頭髮的小女孩，她舉起手，周遭可怕的景象便像凍結了一般停止。她來到小芊身邊，牽起她的手，不知爲何，小芊覺得女孩帶給她溫暖。她想起那一天，爸爸與媽媽最後一次一起帶她出遊，那天他們在充滿死豬的廟會上大吵，小芊被嚇哭的時候，只有媽媽回到她的身邊，牽起她的手，保證以後再也不會帶她來這種地方，從此以後，小芊再也沒有見過爸爸。

「這些死去的豬其實很喜歡你，因爲你對牠們有人類少見的惻隱之心。」小女孩對小芊說：「牠們的鬼魂沒有一個恨你，甚至對於造成你的噩夢感到很抱歉，牠們不可能會這樣對你。」

蒼白的死豬皮消失不見，黑暗變得溫暖平靜，就像仲夏夜的海洋。

「你是誰？」小芊問：「爲什麼我好像見過你？」

「你有一次做惡夢的時候我有出現，只是想幫一點忙。」小女孩牽著小芊，領她走過無邊的黑暗。「至於我是誰，我和你一樣，是我媽媽的女兒。」

小芊想：這不是廢話嗎？可是女孩說出的每一個字都迴響在她心中，很不可思議。

「你媽媽是誰呢？」

「大家都叫她八寶公主。」女孩說：「但是她後來乘紙船離開了，離開前問我想不想留下來玩，我說好，後來，我代替媽媽成爲八寶公主。」

「原來八寶公主有女兒？」

「有的，可是從來沒有人知道，我媽媽死掉的時候，甚至也不知道自己有我，那時候，我還小小的。」女孩用手比出豌豆般的大小，之後用相同的手豎起食指，對小芊比出安靜的手勢：「我們現在要去救你的其他朋友。」

多多站在果園中央，盯著自己的腳看，他全身發抖，但想著只要不抬頭就不會看見可怕的東西。

「你只要道歉就好了。」小女孩的聲音突然無比清晰地傳來。

多多有些倔強地問：「爲什麼？」

「你知道爲什麼。」小女孩說：「你還在幼稚園的時候，有一次在外面玩耍直到傍晚，回家時看見路上有一輛很破舊的腳踏車，腳踏車上掛著水桶、臉盆與毛巾，水桶裡還有牙刷牙膏之類的清潔用品，你知道這是附近一個流浪漢的腳踏車，他全部的家當都在上面。你因爲覺得好玩，把這輛腳踏車推倒，還刺破輪胎……這個流浪漢就是後來到你家果園上吊的流浪漢，他的日子過得很痛苦，無法撐到生命的最後。他會一直對你『嘿嘿嘿』地笑，只是想在最後嚇嚇你，因爲你推倒了他的腳踏車。」

「你是誰？」多多不高興地問：「干你什麼事？」

「你如果不道歉的話，是不可能離開這裡的。」小女孩的聲音很堅定：「我是八寶公主，在你出生的時候，我就看著你了。」

多多想了很久，倔強地眼淚都掉出來了，但他硬是不肯開口道歉，他勉強抬起頭，看見死去的流浪漢面孔，那張臉並不如多多所想的那麼恐怖，相反的非常普通，還帶有一些悲傷的情緒。多多突然覺得很抱歉，慚愧的感覺和淚水一起從眼睛裡流出來，那再也不是恐懼的淚水。

多多說：「對不起……對不起……」

於是死去男人「嘿嘿嘿」的笑聲消失了，他聽見輪胎破掉的腳踏車喀搭喀搭慢慢騎遠的聲音。

多多擦乾眼淚之後，金色頭髮的小女孩與小芊一同出現在他面前，小女孩也牽起多多的手說：「走吧，我們去找達央。」

達央正在趕路。

爸爸瘋狂地在山路上跳來跳去，達央不知道自己怎樣才能辦到，只能跟著拚命奔跑，同時，他身後還有可怕猴子興奮的追逐聲。

達央覺得腿快要斷掉了，十分痠痛，但他怎樣也不能停下來。

「你爸爸說的沒錯。」一個小女孩的聲音說：「你是無辜的，沒有任何人想傷害你，如果有人想傷害你，那些喜歡你的人絕對不會允許。」

『可是有誰喜歡我呢？』達央沒有辦法回答，只能在心中絕望地想。

「你回頭看看就知道了。」女孩說。

『可是……』

「你回頭看看。」

達央逼迫自己停下腳步，轉過身去，他什麼也沒看見，恐懼蒙蔽了他的雙眼。

「你的眼睛不太好。」女孩又說：「所以那最喜歡你的人送給你一樣東西，就放在你的背包，讓你可以更清楚地看世界。」

達央不抱希望地拉開背包拉鍊，卻驚訝地發現裡頭散發微微光亮。他取出發光的物體，原來是他怕弄壞所以收在背包最底層的眼鏡盒，他打開眼鏡盒，拿出爸爸買給他的眼鏡。

達央一戴上眼鏡，就看見自己的朋友：多多與小芊站在那兒，與一名金色頭髮的小女孩一起望著他。

「你是誰？」達央很困惑地問。

「我是八寶公主，我一直在看著你們家，你的爸爸跟你的媽媽，你們是非常好的一家人，我很難過你媽媽死掉了。」此時此刻，小女孩的聲音第一次出現難以察覺的懊悔：「你媽媽是死在山上的，我應該要能保護她，可是我太晚發現了。」

「我……沒關係……」達央結結巴巴地說。

小女孩讓達央抓住多多的手，他們一個牽一個，順著黑暗中無形的道路往前邁進。不久他們便再度看見那棵高大的百年牛樟樹，而阿德正站在樹下，失神地凝視他們。

「那棵牛樟樹就是佔據你們朋友身體的樹精。」八寶公主說：「它原本也是我的朋友，但你們人類對山林的砍伐太過分了，不僅殺死了它的妹妹，還奪走它原本的家。它的恨意愈來愈深，力量愈來愈強大，連我也無法制伏。」

「不要幫人類的小孩講話。」那聲音聽起來像是颱風前樹葉沙沙作響的聲音，一名光頭、眼睛鮮紅的男孩從樹影中走出來：「他們從來都沒把你當一回事，甚至說你是紅色頭髮、奇醜無比的魔神仔，他們對你媽媽也沒有善意。」男孩一面說，一面化身爲枝幹巨大、高聳無比的怪物，一陣強烈的樹木香味席捲每個人的鼻腔，幾乎使人昏迷。「你看看你，用現在的模樣可能打敗我嗎？」高大黑暗的樹精怪物說道，它伸出尖銳如矛的枝幹，朝孩子們揮去。

八寶公主抬起纖細的手，一把抓住怪物鞭子般的枝幹。

「哇賽。」多多說：「哇靠。」

「你們可以不要害怕我眞正的樣子嗎？」八寶公主乍看之下輕而易舉便阻止了怪物的攻擊，但實際上祂已用盡了全力。

「什麼意思？」八寶公主身後的小芊剛開口問，就想起姜老師在上美

術課時對大家說的故事，還有《夜巡》這幅畫裡的小公主。

「姜老師人很好，想改變我的形象，讓大家不再害怕。」八寶公主說：「有愈多人相信我是那幅畫裡的樣子，我就會愈常以那種形象出現，可是那也不是我眞正的樣子。」

「那你眞正的樣子是怎樣？」多多問。

「會很可怕嗎？」小芊也顫抖地說。

不知道是不是孩子們的錯覺，但八寶公主在他們這麼想時，似乎也變得更矮小了一些，再也支撐不住怪物的攻擊，八寶公主甩開尖銳進攻的樹枝，艱難地回頭看向孩子們。

因爲孩子們出於本能地害怕她原本的樣子，所以八寶公主呈現出他們在課本上看見的《夜巡》裡的金髮小女孩模樣，但這樣的模樣是沒有任何力量的。

八寶公主努力思索著該怎樣才能讓他們明白，那些人云亦云的傳說故事，都並未精準描述祂的模樣。像祂這樣的神明是活在人們的想像裡的，人們怎麼想祂，祂就以怎樣的形象出現。祂對這件事無能爲力，甚至連魔神仔想藉她的名字欺負走失的老人、小孩，祂也無能爲力，因爲大家都覺得，那紅毛高大的女魔神仔就是祂。

八寶公主只能不斷對孩子們重複：不要害怕看見我原本的樣子。

多多和小芊仍然在發抖，但隨著達央率先挺身而出，小芊也強拉著多多努力站直身體。

在他們心中，對於正盡全力保護他們的八寶公主有了全新的想像。於是在孩子們的面前，八寶公主變成長髮、高大的女人，但沒有尖牙利齒，反而在小芊眼中，很像劉媽媽，強悍冷靜，永遠會站在她前面抵擋一切。

多多則覺得八寶公主變得像極了陳媽媽，多多在果園裡害怕地哭泣時，媽媽會抱著他，告訴他不要害怕。

至於達央，他看見的八寶公主很像媽媽還活著時，跟自己說魔神仔故事那故作嚇人的模樣。達央對媽媽的記憶是她像個小女孩般天眞活潑，喜歡惡作劇，她想嚇唬達央，卻每每自己被自己說的故事嚇到，讓達央不勝懷念。

隨著他們的想像，八寶公主愈長愈大，最終輕輕伸出一隻手，就能將樹妖怪物握在掌心。

牛樟樹下的阿德在恍惚中也朦朧地想：原來八寶公主長得很像阿嬤。

捉住樹精後，八寶公主逐漸縮小，最後變成了一開始的小女孩，這時才將緊握樹精的手掌重新攤開；這時孩子們發現，那棵巨大的百年牛樟木已經消失不見了，變成八寶公主手中的一株樹苗。

「現在要怎麼辦？」小芊愣愣地問。

「我們一起去找小白。」八寶公主說。

第十一章　八寶公主的護佑

達央爸爸與搜救隊的朋友碰面交換訊息，很快地又帶著花豹走入草徑。他這一星期都保持著每天只睡四小時的規律，按時進食飲水、餵狗，幾乎快把整座山都翻遍了。

「花豹，來！」達央爸爸吆喝一聲，那條台灣犬吐著帶有黑斑的舌頭竄進草叢，迅速地搜索兒子的氣味，但經過這麼多天，味道或許已經很淡了。

達央爸爸心中沒有焦慮，他並不擔心自己的孩子已經死去，他相信達央還活著，因爲從他們父子第一天上山開始，他就不斷教給達央關於山林的知識。

現在他只是很困惑，山最近的樣子時而躁動不安，時而冷漠岑寂，不久前颱風肆虐，情況反而比較正常。這幾天颱風離開，一下子就出了大太陽，山上又出現了那種悄悄開發露營地的器械聲響。

花豹從草叢裡衝出來，熱切地舔著他的手，接著又像嗅到了新的味道，猛烈地搖動尾巴。

達央爸爸正在接近山腳的地方，聽見有人談話的聲響與腳步窸窣，一看竟是姜老師與劉媽媽、陳媽媽。

「潘先生！」陳媽媽喘著氣打招呼，劉媽媽則因爲不常走山路的關係，呼吸急促到無法說話。姜老師簡單地和達央爸爸問候，並詢問到目前爲止的搜索情況。

「還是沒什麼新消息，但我一直覺得奇怪，怎麼山上有砍樹的聲音。」達央爸爸說。

「砍樹的聲音？」

「對，像是鏈鋸……或者其他機械聲響。」達央爸爸一面說，一面好奇地問：「你們怎麼會上來？」

「只是想在孩子們失蹤地附近走一走，當地人要上山，通常就是固定幾條路，孩子們的選擇就更少了。」姜老師解釋：「陳媽媽指出這條路，是多多平常到祕密基地的路徑。」

「多多的祕密基地嗎？在哪裡呢？」

「說是祕密基地，其實也就是幾片木板搭在竹林裡，裡面都是蚊子蜘蛛，好幾次叫他不要去了，他居然說那是他的家，眞要給我氣死！」陳媽媽無奈地說。

「除此之外，我們還在尋找五十年前失蹤孩子的屍骨，就是之前電話裡跟您提到的詹皓。我會覺得這件事很重要，是基於一個您可能很難相信的原因……」姜老師還沒說完，就被達央爸爸打斷：「和老師你有陰陽眼這件事有關嗎？」

姜老師難得愣了一下，隨後點點頭：「我覺得小芊、達央和多多跟這個叫做詹皓的孩子羈絆太深，他們最後一定會找到小白……也就是詹皓，因爲這是幾個孩子心中最純粹的願望。」

「你們目前有什麼方向嗎？」

劉媽媽好不容易緩過氣來，立即接話：「還沒有，只是想順著孩子們失蹤的路徑先巡巡看，當然這條路我有經過幾次，但沒有實際走進去，就請大家多多幫忙了。」

他們仔細地交談著，與此同時，名爲花豹的台灣犬突然豎起耳朵，興奮地嚎叫，達央爸爸一句話都還沒說，花豹已撒開腿狂奔，進入崎嶇的山道中。

＊＊＊

「請問……你眞的是八寶公主嗎？」多多小聲地問。

八寶公主正將食指點在失神的阿德額頭，試著將他喚醒。

「可以說是。」八寶公主回答：「也可以說不是。」

「什麼意思呢？」

漸漸恢復意識的阿德，被小芊與達央小心地照顧著，他已經可以慢慢自己走路了，但還是需要有人稍微扶著。

「大家都以爲八寶公主是我媽媽，其實我媽已經離開台灣，回去她自己的家了。」八寶公主孩子般地歪了歪頭說：「她乘坐紙船回去的喔，本來我也要跟她一起回去，但我留了下來，我媽媽交代我要好好照顧這邊的人。」

孩子們露出驚訝的表情：「我們原本以爲……」

「以爲我是魔神仔嗎？」

「也不是……」

八寶公主有點洩氣地說：「沒關係啦，說來說去，都是阿牛的錯……阿牛就是這棵牛樟樹。」祂攤開手心，那棵牛樟樹的樹苗在掌心瑟瑟發抖：「我回來接管我媽媽的地方，在海邊有一座萬應祠，我現在也借住在那裡。我慢慢地成爲神明，但一開始，我其實還不知道要怎樣做才好，而且只有我一個是新的神，我其實很寂寞。那時候，我一直聽見山上有孩子的哭聲，我到山上去，遇見樹精阿牛，它帶我找到了小……一個死掉的小孩子鬼魂。」

說到這裡，八寶公主偷偷看了其他孩子一眼，才繼續說：「他因爲是小孩子，死的時候沒來得及相信任何神佛，所以也沒有任何神來帶他離開，他就一直在山上。我跟這兩個臭傢伙成爲朋友，我甚至在山上創造了鬼樂園，讓它們以及所有魔神仔、山精鬼魅都可以在裡頭有個不被人類打擾的休息地，但人類的貪婪砍伐樹木，造成阿牛心中充滿憎恨。我一直想阻止阿牛，但阿牛力量愈來愈大，還忌妒著那個死掉的小孩可以常常下山，有一天就與低階的魔神仔——一些怪猴子假冒成我的可怕樣子引誘山下的人類上山，讓我爲了幫那些人類變得很累，阿牛打開了鬼樂園的結界，讓所有怪猴子都跑下山，自己也跟著阿德阿嬤回家，還把那個死掉的小孩鬼魂關在了他過去死掉的地方……阿牛就是這樣，他故意讓所有人都怕我，希望我可以看清人類的眞面目。」

「那你會討厭我們嗎？」小芊怯怯地問。

八寶公主沒有回答，只是繼續往前走，不時低頭對掌心的牛樟樹樹苗說話。

原來牛樟樹樹精阿牛還在偷偷地講：『這些人類很壞，你不能相信他們，也不能讓他們找到小白。』

「人類跟我們一樣，有好也有壞，就好像你是我們之中的壞蛋。」八寶公主說。

『光會說我，那你呢？』阿牛很生氣。

名爲八寶公主的小女孩沒有回答，祂也不知道自己算好還算壞。

祂出生的時候就已經死了，那時候，祂還只是它。媽媽是羅發號遇難的船長夫人，以鬼魂的模樣生下它。在它的記憶裡，媽媽總是喚它「小東西」，因爲它像豌豆一樣小，它在媽媽的鬼魂身邊飄盪，看見媽

媽經常的傷心。

媽媽說，自己的家鄉在很遠很遠的地方，它卻很困惑，明明這片被太陽曬暖的土地才是它出生的家。

而且這裡有什麼不好，到處都是美麗純眞的小動物，喜歡橫衝直撞的山豬、跳來跳去的山羌、還有愛惡作劇的猴子。有一次它與媽媽到大灣閒晃，還遇見了一縷同樣可憐的孤魂野鬼，這野鬼聽見媽媽的故事，感到很同情，同時也得知因爲時間太久遠了，媽媽屍骨已經灰飛煙滅，無法被祭祀，也就無法得到凡人注意。

於是野鬼利用一名姓張的男人在開採咾咕石時故意露出自己的屍骨，姓張的男人將野鬼的屍骨帶去海邊的祠堂祭祀。藉由這個機會，野鬼對媽媽說：你可以借我的香火、我的地盤去找人幫忙，把你送回故鄉。

就這樣，經過重重的困難，媽媽終於搭上一艘由當地居民製作的紙船，準備出航返鄉。

臨走前，媽媽對它說：「你呀，其實也不一定要跟我一起回去，你喜歡這裡，又在這裡出生，你是這塊土地的孩子啊！」

「你的意思是，我可以不用離開嗎？」它問。

「如果你想留下來，就留下來吧！但你要好好保佑這裡的人，以及這塊土地上的所有生命。」

它答應了媽媽，那個時候，它還沒有八寶公主這個名字。

這塊土地的山上，住著許許多多對人類不懷好意的精怪，媽媽還在的時候，它們倆也絲毫不敢接近山。

它從海邊送走了紙船上的媽媽，獨自回到野鬼的萬應祠。

「野鬼叔叔，我媽剛剛走了，但說我可以留下來，我想跟你借住三分之一的地方。」它可憐兮兮地要求。

野鬼很疼愛這個莫名其妙在死後出生的小東西，便跟廟公託夢招呼一聲，此後就讓它在萬應公祠住了下來，並享用三分之一的香火。

爲了鍛鍊它成長茁壯，野鬼還找了當地的土地公幫忙，怕它走偏了，變成惡鬼。

土地公倒覺得它很有靈性，也很有成為神的潛力，因為它是一個矛盾的小東西，既不生也不死，既不在那裡，也不在這裡，既有某一個遙遠文化的記憶，又有屬於台灣土地的氣息。

土地公說道：「你這小東西，都存在這麼久了，怎麼還沒有一個形體呢？」

它問：「什麼是形體？」

土地公說道：「你要有一個屬於自己的傳說故事，人們聽了故事，會漸漸相信你，然後慢慢的，你就會擁有形體，有了形體，就會有更大的力量。」

它開始練習在這塊小小的土地上創造自己的故事，幸好媽媽離開前留下了一些傳說讓它繼承。除此之外，土地公與野鬼也不吝教導它成為神的方法，它一面學習，一面到處拜訪地方上有年紀的石頭、老樹，聽這些古老的精靈講述土地的故事。

經過許多年，它學會了各種法術，也懂得妥善運用自己身上特殊的力量。野鬼跟土地公紛紛催它選擇一名中意的乩童，透過乩童向世間宣告自己的傳世名字。

它想了很久，想到媽媽經常惦記的八件從家鄉帶來的寶貝，其實物品本身沒有特別的價值，但媽媽在這些物品上看見再也回不去的家鄉。除此之外，當地人也老是流傳媽媽是來自荷蘭的公主。那時候小地方甚至流行著歌仔戲，其中一齣叫《八寶公主》。

它終於發現，名字本身經過長時間的醞釀，已經呼之欲出，等著與它結合，它決定好自己的名字了，接下來就是初次使用自己的神力，讓一名乩童的嘴爲它而說。

它操控一名姓張的乩童，透過乩童的口中，它大喊：「我的名字是八寶公主！我的名字是八寶公主！」

當地居民對它的敬畏，讓它的神力漸漸成熟。

又過了許多年，它突然經常聽見來自山上小孩子的哭聲。

一開始，它還以為是自己聽錯了，它問野鬼與土地公。野鬼說：「唉，那件事我知道，但實在沒法度，那座山太亂了，小孩子死在那裡，只能說是倒霉……」

土地公也說：「那座山本來有山神，但不知道什麼原因不見了，現在滿山都是很壞的精怪，我想去幫忙也被阻擋。」

它只好將這件事情放在心裡，時不時在山腳下巡視。這個時候，它已經成為了「祂」，祂是八寶公主，野鬼與土地公也認可祂獲得神靈的資格，祂是一個新的神了，對於那座在自己地盤中亂糟糟的山，八寶公主覺得不處理不行。

祂第一次偷偷跑進山裡，就遇見了名為阿牛的百年牛樟精。那時候阿牛剛失去了妹妹，身上又被人類挖走一大塊，非常虛弱，因此被山上幾個力量強的魔神仔欺負。

八寶公主施法讓陽光照進樹林，向來躲藏於山谷陰影的魔神仔落荒而逃，祂用自己的神力幫阿牛療傷。

阿牛對祂的第一句話是：「你誰啊？為什麼要多管閒事？」

「我是八寶公主，以後我還要管這整座山所有的事！」祂認眞地跟阿牛說道。「最近，我一直聽見一個小孩子的哭聲，你可以帶我去找那個小孩嗎？」

阿牛知道那個為了找蜥蜴被魔神仔欺騙迷路，最後活活餓死的小孩。

「那是人類的小孩啊，你幹嘛理他。」

八寶公主頓時生氣了，祂生氣的時候身後誕生了烏雲閃電，把阿牛嚇得要死。

「我救了你！你要還我恩情！立刻帶我去！」八寶公主很有氣勢地喊道。

就這樣，阿牛與八寶公主走在一塊，花了很長一段時間，經歷了許多神奇的冒險，最後終於在可怕精怪與魔神仔的追殺下成功找到名叫小白的孩子。

小白不知道自己哭了多久，也不知道自己已經死了，一看見八寶公主與阿牛不太正常的長相就放聲尖叫，直到八寶公主抓著他們兩傢伙的手，「呼」地一下子飛上雲霄，小白這才意識到自己已經變成鬼，因為失去了身體，才變得這麼輕盈。而阿牛從出生以來一直是紮根於大地，小鳥會在它身上唱歌，但它從來不知道小鳥飛翔的感覺，阿牛第一次飛，開心得幾乎忘記發生在自己身上的悲劇。

八寶公主帶著小白與阿牛在天空中盤旋，與它們一面觀察地形，一面商量如何一舉制服所有山上的壞魔神仔。

阿牛說：「根本就不可能，你只是一個新出生的神，不可能贏得過它們幾百年的力量，也不可能贏得過它們對人類的恨意！」阿牛說著，眼睛漸漸出現了鮮紅的怒火。

小白則說：「這件事太危險了，你只是一個小女孩，還是回到海邊的萬應公祠，平靜地生活吧。」

八寶公主聽了他們的話實在受不了，暗想這兩傢伙不幫忙出主意就算了，還一直潑冷水。這時八寶公主從天空發現了這座山有一處隱密的山谷，那兒還未有人類涉足，草木蓊鬱、溪水清亮，八寶公主心裡有了想法，祂不顧阿牛與小白的抗議，把它們綁在一起扔在山谷中，並施法將它們變成白白胖胖的人類，讓它們成爲可口的誘餌，同時八寶公主在山裡飛來飛去，散播有好吃的人類在山谷中的消息。

於是整座山的魑魅魍魎、山精鬼怪以及又醜又可怕的高大魔神仔，都紛紛從各處趕往山谷，它們等不及要吃一頓從天上掉下來的美餐，畢竟平常要抓到人類，是要花很多工夫的呀！

但它們並不知道，等在山谷中的是已經準備好法術陷阱的八寶公主。

八寶公主等所有精怪都聚集在山谷後，祂設下結界，進出都只能通過一口山洞。

接著現身在所有精怪面前，祂挺著小小的胸膛，全身上下散發著強大無比的法力。八寶公主中氣十足地說：「我知道，你們敬愛的山神離開是因爲人類過度砍伐的關係，我知道，你們在山中作亂，也是爲了報復人類，但這件事情，是永遠不會有盡頭的。」

「你只不過是個乳臭味乾的小丫頭，懂什麼呢？」一名巨大猿猴形體的魔神仔冷冷地問。

「就是說啊！我們在受苦的時候，你才剛出生哩。」一條嫵媚的百步蛇精說。

「你啊，根本只是想站在人類那一邊吧。」其他精怪開始騷動起來。看見這個情況，阿牛悄悄靠近八寶公主，一手抓住小白，準備好情況不對就帶著兩人逃跑。

但八寶公主輕輕推開阿牛的手。

「我會保護你們！」八寶公主大聲地道：「我媽媽跟我說，要保佑這塊土地上的人們……以及所有這裡的生命！我成為神，本來就不是只想保護人類而已。」

一些較為年長的壞魔神仔聽不進去，已經準備要發動攻擊，八寶公主張開雙手，一陣強光照耀著整座山谷。

「我把這個地方送給你們，這裡是人類還沒有發現的淨土，未來也永遠不會被發現。只要我還在，就不會有任何人類發現這裡，但也絕對不能有誰擅自把人類帶進來，這是我為你們保留的家園，我把這個地方送給你們，這裡是……屬於你們的鬼樂園。」

八寶公主知道，自己還沒有完全得到魔神仔們的信任，但這對它們來說，都將是第一步。

還有很多問題沒有解決。

還有很多傷心的事沒有被看見。

還有很多憎恨沒有消失。

還有很多寂寞正要開始。

還有很多……人類充滿慾望的惡意，將有一天，會侵入這座山，甚至打破八寶公主的結界，佔據這片樂園。

但在那之前，八寶公主記著媽媽的叮囑，要保佑這塊土地上的所有生命。

* * *

當小芊問八寶公主會不會討厭他們的時候，八寶公主其實眞的不知道怎麼回答。阿牛在祂手心說著痛苦的話語，令八寶公主感到後悔，早知道當時就不該創造鬼樂園，也不應該拯救阿牛，更不應該與阿牛一起找到小白。

八寶公主很自責，自己不是個很好的神，祂沒有把該做的事情做好，祂想制服山上作惡的魔神仔，最後卻只是使它們更加憤怒，甚至連阿牛也走上歪路，帶這些人類的孩子進入鬼樂園，破壞了最初的約定。

而這些人類的孩子可以信任嗎？他們之後會不會帶更多人上山，霸佔它們僅有的家園？

八寶公主帶著孩子們繼續安靜地走著，過了一會兒，他們來到一處彷彿剛被砍伐過的黃土平地，這兒寸草不生，甚至停放有怪手與砂石車，但空無一人。

八寶公主站在那兒，努力打起精神說：「阿牛把原本在這邊的人趕走了，但他們很快就會回來，我們要快點找到小白才行，阿德還需要休息，讓他靠著石頭睡一下就好。」

「小白在這裡嗎？」多多一聽立刻大聲喊小白的名字，卻被八寶公主摀住嘴：「噓，我們要安靜一點找……如果你們可以邊找邊回想小白的模樣，會更容易找到。」

他們在黃土紛飛的荒蕪土地上無聲無息地尋覓著，孩子們心中浮現與小白相處的回憶，小白瘦弱、蒼白的樣子，像是他從來都沒長大一樣，但小白很溫柔，會安慰哭泣的小芊，會與多多、達央一起在放學後黃昏的操場比賽跑步。說來奇怪，小白明明那麼瘦小，跑起步來卻像在飛一樣，多多和達央從來沒有贏過他。

第一個意識到眞相的是達央，他想起牛樟樹樹精附身在阿德身上時，說的第二個恐怖經歷，一個爲了抓攀木蜥蜴死在山上的小孩，最後和山下小學的孩子們成爲朋友。

隨後是多多，他疑惑著爲什麼八寶公主帶領他們尋找小白，卻是要他們往剛翻動過的黃土裡尋找，接著他想到他們還在山下找小白時，從來沒有一個人能夠告訴他們小白到底是誰、住在哪戶人家。

最後是小芊，當她明白的時候，傷心地哭了起來。

接著小白就出現在他們面前了，身上是學期最後一天時穿著的忠和小學運動服，揹著書包，站在小芊、多多與達央面前，對他們很抱歉地笑著。

「你眞是混蛋。」小芊過了很久才硬擠出一句話：「超混蛋，大混蛋！」

「對不起啦。」小白說：「我被阿牛抓到，關在這邊，沒有辦法下山去找你們，對不起我不能跟你們一起去祕密基地了。」

「沒關係，那個祕密基地反正也只是幾片木板做成的。」多多喃喃道：「裡面還都是蚊子跟蜘蛛。」

「如果你們想要，我可以叫蚊子跟蜘蛛離開那裡。」八寶公主說。

「不用啦，我覺得你們的鬼樂園還好玩一百倍。」達央眞誠地讚嘆。

「小白，我……我可以抱你嗎？」小芊才不理會那兩個笨男生，她慢慢靠近小白，忍著眼淚，慢慢朝他張開雙手。

「可以喔。」

兩個孩子抱在一起，小芊無聲地痛哭，小白抱起來像雲，像山裡的霧氣，像任何輕飄飄，柔軟的東西。這時多多也受不了了，衝上去抱著小芊與小白，流了滿臉的鼻涕眼淚，達央安靜地走向前，輕輕抱住了他的朋友們。

「怎麼回事啊？」終於醒過來的阿德看見面前的景象，驚慌失措地問。

「我也不知道。」八寶公主雖然這麼說，眼中卻出現了動搖的神情，也許這些孩子並不會長成充滿慾望的人類……也許祂爲人類與魔神仔做的每一件事，都還是有意義的。

不知過了多久，達央突然感覺手心被溫熱的舌頭舔舐，他低頭一看，發出驚喜的聲音。

「花豹！」

「怎麼了？」多多問，同時悄悄把鼻涕擦在小白身上。

「是我家的狗。」達央若有所思地說：「既然花豹在這邊，我爸可能也在附近……」

就在這時候，從黃土彼端也出現了喧鬧的鞭炮聲與敲鑼打鼓的聲響，是由憨廟公帶領的荒唐隊伍正緩慢前來，孩子們看著彼此，意識到分別的時刻來臨了。

「小白，你要跟我們下山嗎？」小芊問。

「可能不行了。」小白說：「本來我就不能下山，是我太貪心了，想要一直跟你們做朋友。」

「那以後你會一直在山上嗎？」多多問：「假如我們上山的話，可以看見你嗎？」

小白笑著點點頭：「我會跟八寶公主還有阿牛在樂園裡，如果你們有上山，我們會找到你們。」

「一定喔。」達央說，做出打勾勾的手勢：「不可以食言而肥。」

「好。」小白與其他人打勾勾，八寶公主站直了小小的身體，突然面向花豹跑來的方向，充滿戒心地看著。

「小白，我們該走了。」祂說，接著轉向四個孩子：「你們，絕對不能讓其他人知道鬼樂園在哪兒喔！如果事情順利，我們之後會去找你們。」

「等等……」小芊還想說些什麼，小白與八寶公主卻已消失不見。

小芊、多多、達央與阿德就這樣站在原處，等待鞭炮聲愈來愈近。

尾聲　新轉學生

忠和小學即將開學前，小鎭因為四個孩子神祕失蹤後又再度被找到的消息曝光，而變得熱鬧非凡。同時四個孩子失蹤期間竟然意外在開墾工地發現了五十年前走失的孩子詹皓屍骨，更是讓素來沒什麼新鮮事的小地方一下子擠滿了媒體記者，他們都想知道孩子們失蹤的一星期內發生了什麼詭譎的怪事，意圖給失蹤事件再蒙上一層神祕的面紗。

但小芊、多多與達央早已串通好，配合阿德的一切說法，也就是「我不知道」、「我不記得」、「實在是忘光光了」，假如眞要他們說些什麼，他們就裝瘋賣傻，說自己到了一個有好多炸雞翅的山谷，那裡的天空還有很多人飛來飛去。

聽起來實在過分誇張了，記者們到最後都意興闌珊。後來有作家將這件事當作台灣式的「神隱」傳說大書特書，也有人從阿德與他阿嬤的角度切入，認為不過都是神經病與孩子們渴望關注的謊言罷了，有些學者倒是把孩子們瞎掰的離譜經驗當作田野調查中極為重要的資料，但最終最終，就算孩子們再怎麼不情願，還是必須回歸到平凡的生活，開始準備進入新的學期。

小芊是最開心的，因為劉媽媽決定不搬家了，小芊會一直就讀忠和小學直到畢業，畢業後或許會到都市就讀國中，但那也是之後的事了。

多多則是最不甘願的，他覺得自己的暑假整整消失了一星期，眞的很倒楣，他下山後還反覆跟陳媽媽確認，明明他只在山上過了一夜，怎麼到平地一星期就過去了？

反觀達央既不特別開心，也不特別憂傷。他認為自己見到爸爸時，爸爸給他比了一個大拇指，已經比任何事物都更有意義。

開學第一天，小芊走在上學的路上，遇見打著呵欠滿臉不高興的多多，兩人到達央家接他一起去學校，隨後阿德也揹著書包從早餐店走出來了，旁邊跟著他看起來依然老當益壯的阿嬤。

「阿德，要一起去學校嗎？」多多扯著喉嚨問他。

「不用了，我要先送我阿嬤去醫院檢查。」阿德說：「我會比較晚到。」

「好喔。」

三人一面閒聊一面走進校門，在冗長的開學典禮過後，渾身臭汗走進電風扇呼呼旋轉的教室，多多挖著鼻孔，用力彈向達央。

「多多，你髒死了！」小芊罵道。

「達央看起來一點也不介意啊。」多多無所謂地說。

達央轉過頭，對多多一字一字地說：「我．很．介．意。」

「好啦，不玩了，等等八哥又要罵人，話說回來，那時候八哥怎麼也跟上山找我們啊？」

「你沒聽說嗎？姜老師有陰陽眼。」小芊偷偷說：「我們失蹤的時候，她好像一直用神力在找我們耶。」

「哇靠，怎麼可能！」

「不然下課的時候再去問問看。」達央建議。

「說不定又有新的好玩的，說不定又可以去冒險。」多多說著說著聲音大了起來，眼睛滿是興奮：「我們可以再去山上找小白，還有那個什麼八寶公主，不知道變成樹苗的阿牛有沒有長大一點？長大了就不要再害人啦！山上一定還有很多有趣的事情，不然也可以到海邊，海邊不是有八寶公主住的萬應祠嗎？我們可以去看看有沒有靈異事件，哈哈哈哈！太好玩了！我們放學就去！」

「多多你還那麼大嘴巴啊？」姜老師此時帶著第一節課的課本進教室了，多多立刻閉上嘴。

姜老師清清喉嚨說：「第一節課本來是國文，但我們這學期剛好有新的轉學生，所以我跟班長說先把下午的班會移到早上，我們請轉學生來自我介紹一下。」

「居然有轉學生。」多多好奇地問：「不知道是不是跟小芊一樣從台北轉學過來。」

「不曉得，好像不只有一個轉學生耶，反正我一定會跟他們做好朋友。」小芊拉長了脖子朝走廊看。

達央聞到了一種特別的樹木香味，聽見姜老師從外頭帶轉學生來時說的話：「你們已經想好自己的名字了嗎？有跟土地公報備過了？那就好。等一下自己上台自我介紹。我先跟你們約法三章，第一不能洩漏自己的眞實身分，第二不能把同學當食物，更不可以惡作劇，譬如說騙他們可以去你們家裡玩，實際上是山上的樹林裡，也不可以騙他們蚯蚓或泥巴是雞腿……好嗎？好的話就進教室吧。」

小芊、達央與多多在三名轉學生進教室時都張大了嘴，姜老師一一介紹新同學：金色頭髮的女生，她講的話很奇怪，說什麼因爲自己的雙胞胎弟弟阿牛對人類缺乏了解，所以決定來學校多做功課，此外她還自稱是八寶公主，是好神明，不是魔神仔。

「你們可以叫我小八。」女孩說。

剩下臉很臭的男生阿牛跟臉超紅的小白，他們自我介紹完，就各自被分到多多、小芊與達央附近的座位。

姜老師開始上課，多多偷偷拿紙團丟小白、丟八寶公主，甚至還丟阿牛。

「欸欸，放學要不要一起去祕密基地啊？」

小芊與達央交換一個無奈的眼神，可想而知，未來每一天肯定都會充滿刺激的冒險了！

（完）

國家圖書館出版品預行編目資料

怪談系列. 1；魔神仔樂園 / 邱常婷作；本大麟繪. -- 臺中市：晨星, 2018.12

面；　公分.--（蘋果文庫；107）

ISBN 978-986-443-541-8（平裝）

859.6　　　　107019044

蘋果文庫 107

怪談系列 1

魔神仔樂園

作者 | 邱常婷
繪者 | 本大麟

責任編輯 | 呂曉婕
封面設計 | 鐘文君
美術設計 | 曾麗香
文字校對 | 呂曉婕、陳品璇

創辦人 | 陳銘民
發行所 | 晨星出版有限公司
行政院新聞局局版台業字第2500號
總經銷 | 知己圖書股份有限公司
地址 | 台北 106台北市大安區辛亥路一段30號9樓
TEL：(02)23672044 / 23672047　FAX：(02)23635741
台中 407台中市西屯區工業30路1號1樓
TEL：(04)23595819　FAX：(04)23595493
E-mail | service@morningstar.com.tw
晨星網路書店 | www.morningstar.com.tw
法律顧問 | 陳思成律師
郵政劃撥 | 15060393（知己圖書股份有限公司）
讀者專線 | 04-2359-5819#230

印刷 | 上好印刷股份有限公司

出版日期 | 2018年12月1日
定價 | 新台幣250元

ISBN 978-986-443-541-8

Printed in Taiwan

讀後問答

1. 魔神仔是台灣鄉野傳說最具盛名的妖怪之一，謠傳會牽走老人家，使老人家失蹤，故事中也有一位人物被牽走，請問是誰呢？你覺得她被牽到了什麼樣的地方，做了什麼事呢？

2.

《魔神仔樂園》裡，有各式各樣的精怪，有不同的形體。寫下你想像中山中精怪的樣貌，別忘了為他／她取個響噹噹的名字，如：萬年蛇妖。（也可以畫下來跟朋友分享喔！）

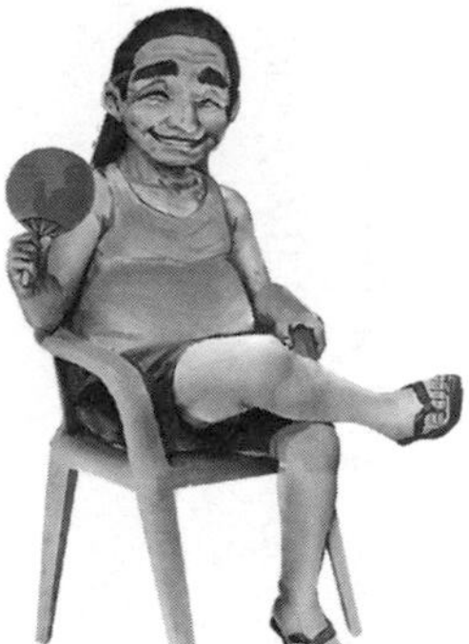

3.

故事中孩子們向彼此分享了最恐怖的經歷，你呢？你有沒有至今難忘的恐怖經歷呢？寫下來或跟朋友分享。

4.

最喜歡《魔神仔樂園》裡哪一個角色？為什麼？

5.

除了八寶公主外，你還聽過哪些和台灣有關的神明或人物？可以詢問家人有關於他們的故事喔！